KB166316

조금 다른
시선으로 본 독도

독도,
대양을 꿈꾸다

조금 다른
시선으로 본 독도

독도,
대양을 꿈꾸다

김남일 지음

1판 3쇄 발행 | 2015. 5. 18.

발행처 | **Human & Books**
발행인 | 하응백
출판등록 | 2002년 6월 5일 제2002-113호
서울특별시 종로구 경운동 88 수운회관 1009호
기획 홍보부 | 02-6327-3535, 편집부 | 02-6327-3537, 팩시밀리 | 02-6327-5353
이메일 | hbooks@empal.com

값은 뒤표지에 있습니다.
ISBN 978-89-6078-196-2 03810

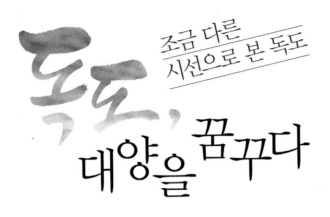

조금 다른
시선으로 본 독도

독도,
대양을 꿈꾸다

김남일 지음

Human & Books

독도 수호를 위하여

'독도'라는 이름 앞에서 대부분의 한국인은 열혈 애국자다. 국가주의를 경계하는 사람조차도 독도에 대한 일본의 도발에 대해서는 비분강개를 주저하지 않는다.

한국인들이 국가관이나 개인적 정치 성향과 관계없이 일본의 독도 영유권 주장에 대해 거의 한 목소리를 내는 까닭은 무엇일까? 그것을 '반일 감정'으로만 이해한다면 지나치게 단순한 해석이다. 일본의 영유권 주장은 그 자체만으로도 명백한 도발 행위지만, 과거의 침탈 행위를 정당화한다는 점에서 인류 평화에 대한 도전이기도 하다. 이에 대한 분노는—우리가 의식을 하든 하지 않든—인류 구성원으로서 '보편적 양심의 분노'이자 최소한의 책임감이다.

독도에 대한 저술은 아주 많다. 역사적 사실을 근거로 독도가 우리 땅임을 증명하는 것뿐 아니라 독도의 아름다움과 독도에 대한 뜨거운 사랑을 담은 책도 많다. 하지만 대중의 뇌리에는, 노래의 제목에서 출발하여 이제는 독도 수호의 구호가 된 '독도는 우리 땅'이라는 말만 떠돌아다닌다.

역설적으로, '독도는 우리 땅'이라는 명쾌하고도 강렬한 구호가 오히려 독도 수호를 위한 다양하고 구체적인 노력을 방기하게 만들기도 한다. '독도는 우리 땅'이라고 외치는 것만으로도 한국인으로서 할 도리는 했다는, 스스로가 암묵적으로 부여한 '애국심의 검열'을 쉽게 통과해 버린다. '사해 동포주의'를 외치면서 정작 '이웃 사랑'에는 인색한 것과 비슷하다.

사실 독도 문제에서 한 개인이 할 수 있는 일이란 '분노'와 '구호' 말고 달리 없기도 하다. 바로 여기에서 국가^(중앙정부) 또는 지방정부가 해야 할 역할이 분명해진다. 그래서 이 책을 준비했다. 독도 수호의 현장을 지키던 공무원의 한 사람으로서, 항구적으로 독도를 수호할 구체적 대안과 비전을 마련하는 데 작은 보탬이라도 될까 싶어서.

독도는 역사적으로나 현실적으로 명백한 우리 땅이다. 그런데도 일본 정부는 끝없이 문제를 일으킨다. 우리로서는 대꾸할 가치조차 없는 억지다. 일부 양심적인 일본인조차 그렇게 생각하지만 일본 정부는 아랑곳하지 않는다. 아무리 그래도 독도는 엄연한 한국 땅인데 저러다가 말겠지, 하고 생각한다면 순진한 생각이다. 일본 정부는 바보가 아니라 그 반대다. 일본 정부는 그런 억지를 통해 계속 기록을 쌓아가면서 현실적인 이득을 본다.

일본 정부는 어떤 이익을 볼까? 누구나 아는 '국제적 분쟁 지역화'를 들 수 있겠지만 이는 장기적 포석이다. 그렇다면 무엇이 당장의 이익일까?

2012년 7월 7일 일본의 노다 총리는 중국과 영유권 다툼을 벌이고 있는 '센카쿠 열도' 국유화 방침을 표명했다. 이어서 9월 11일 센카쿠를 국유화 했다. 왜 하필 이때였을까? 1972년 중국과 일본이 국교를 재개하고 1997 년 새 어업협정을 체결할 때도 센카쿠 영유권 문제는 보류한 채였고, 2010 년 9월 중국 어선과 일본 순시선이 충돌을 일으킨 후에도 일본은 영유권 문제를 건드리지 않았다. 왜 일본 정부는 중국의 극렬한 반발을 예상했으 면서도 그런 결정을 했을까? 당시 일본은 2011년 3월 12일 발생한 후쿠시 마 원전 사고 이후 정부를 규탄하는 시위가 극에 달한 상황이었다. 수만 명의 '선량한 시민'들이 국회를 포위한 시위는 전례가 없다. 그러나 센카쿠 열도 문제를 쟁점화하면서 간단히 여론의 방향을 돌려놓았다. 당연히 독 도에 대한 도발도 잊지 않았다.

일본 정부의 독도 도발은 공연한 문제제기가 아니다. 국제 분쟁 지역화 의 빌미를 쌓는다. 특히 자국의 정치 문제를 호도하는 수단으로 써먹는 수 법은 임진왜란 당시의 정치적 목적과 흡사하다. 일본 정부의 입장에서는 이래저래 남는 장사다. 우리가 어떤 식으로 대응하든 일본의 독도 도발은 더 집요하고 간교해질 것이다. 그런데도 우리 정부는 '조용한 외교'와 '실효 적 지배' 원칙을 고수한다. 이런 대응 방식으로는 우리 국민들의 뜨거운 독 도 사랑도 '독도는 우리 땅'이라는 구호에 함몰된, '낭만적 애국주의'에 그칠 가능성이 높다.

2008년 7월 17일 경상북도는 '독도수호대책본부'를 발족했다. 일본 문부 과학성이 '독도 영유권'을 명기한 중학교 역사 교과서 학습지도 요령 해설서를 발표한 3일 후였다. 경상북도 차원에서라도 일본 정부의 독도 영유권 주장에 대응하여 독도를 실질적으로 관리하고 수호하기 위해서였다. 당시 경상북도 환경해양산림국장이었던 나는 초대 독도수호대책본부장을 겸임했다. 이후 2012년 1월 투자유치본부장으로 자리를 옮기기까지 4년 가까이 독도 수호와 관련된 수많은 일을 추진했다. 사실 독도와의 인연은 이보다 앞선다. 2005년 3월 16일 일본 시마네현에서 소위 '다케시마의 날' 조례를 발표할 때, 국제통상과장으로서 15년 동안 자매결연을 맺어왔던 시마네현과 단교, 상호 파견했던 공무원을 철수시키고 '독도지킴이팀'을 신설할 때도 현장을 지켰다.

앞서 얘기했듯이 '독도는 우리 땅'이라는 것을 밝히기 위해서라면 굳이 이 책은 필요치 않다. 이미 나온 것으로도 충분하다. 나는 독도수호대책본부장으로서 중앙 부처와 싸움도 마다하지 않았다. 일본의 전략이 간교해지는 이상으로 치밀하게 대응해야만 '실효적 지배'의 실효성을 국제사회로부터 인정받는다는 사실을 절실히 깨달았다. 역사 속의 독도와 지금의 우리를 잇는 '이야기'의 필요성도 절감했다. 이 책은 그러한 고민의 결과다.

지금과 같은 정부의 대응은, 훗날 일본의 야욕과 국제 사회의 이해관계가 맞물리면서 독도의 운명이 우리의 뜻과는 반대로 흐르는 상황을 부를지도 모른다. 이 때 우리가 할 수 있는 일이란 '더 큰 분노' 말고는 없다. 만약 그렇게 된다면 나는 독도 수호의 현장을 지키던 공무원의 한 사람으로서 역사의 죄인이 되고 만다. 그래서 나는 나름의 경험과 고민을 바탕으로 독도 수호를 위한 방안을 구상해 봤다. 그 중 하나가 '독도 수호의 3원칙'이다.

말을 하고 보니 좀 거창한 감이 있는데, '독도 수호의 3원칙'이란 이렇다.

첫째, 독도 수호는 울릉도와 경상북도에 맡겨야 한다. 그래야만 시마네현이라는 지방정부를 앞세운 일본 정부의 전략에 효율적으로 대응하면서, 중앙정부의 '조용한 외교' 원칙도 고수할 수 있다.

둘째, 과학적·문화적·생태적 접근으로 지배의 실효성을 강화한다. 중앙정부 차원의 독도 수호 대책은 정치적, 외교적, 군사적 접근일 수밖에 없다. 과학적, 문화적, 생태적 접근을 통해 실질적으로 독도를 향유함으로써 자연스럽게 독도를 우리 삶 속에 끌어들여야 한다. 이를 위해서는 독도를 동해 끝단의 섬이 아니라 대양의 출발점으로 보는 인식의 전환이 필요하다. 독도를 잃으면 동해를 잃고, 해양과 해저의 엄청난 자원을 잃게 된다. 동해를 기반으로 한 해양 산업의 활성화는 울릉도와 독도를 단단히 묶는 일이자 대한민국의 미래를 위한 성장 동력의 창조가 될 것이다.

셋째, 해양 교육을 통한 독도 수호다. 해양력을 길러서 독도를 지키자는 것이다. 현세대에서 독도에 대한 영유권 문제가 평화롭게 해결되리라고 생각하지는 않는다. 그렇지만 불안한 현실 그대로를 후손들에게 물려줘서는 안 된다. 지금 우리가 해야 할 일은 우리의 후손들이 스스로를 지킬 만한 해양력을 갖출 수 있게 하는 기반 마련이다. 독도를 해양 교육의 요람으로 만든다면 독도 수호를 위한 국민적 의지 고양은 물론 미래세대의 건강하고 진취적인 국토관 형성에도 도움이 될 것이다.

끝으로 이 책의 내용 가운데 객관적인 사실 기록을 제외하고는 경상북도와 정부의 공식 입장이 아니라 독도 업무를 담당한 공무원으로서, 국민의 한 사람으로서 개인 의견임을 밝혀둔다. 아울러 울릉도 주민, 독도 업무를 하면서 맺은 많은 인연, 과거에도 그랬고 지금도 그렇듯이 역사의 죄인이 되지 않기 위해 함께 노력했던 이소리씨를 비롯한 경상북도 독도과 동료 직원들, 지금도 독도에서 살고 있는 김성도 씨 부부와 울릉군 독도관리사무소 직원들에게도 깊은 감사의 마음을 전한다.

시마네현 '다케시마의 날' 조례 발표한지 10년이 되는

2015년 3월 16일

김남일

독도가 'rock'이 아니라 'island'로 인정받기 위해서는 국내외 많은 사람들이 독도의 지속가능한 이용을 하도록 하여야 한다.

차례

I. 독도 수호의 3원칙

512년 이사부 이후 1,500년 동안 울릉군민들이 독도를 지켜왔듯이.

울릉군민들이 중심이 되어 계속 지켜가도록 도와야 한다.

때로 힘들면 손잡고 경상북도 전체가 같이 가야 한다.

중앙 정부는 기댈 언덕이 되어 측면에서 지원해야 한다.

그래야 일본이 떠들지 못한다.

1. 독도는 울릉도가 지켜야 한다

1-1 간교한 일본 VS 조용한 외교

독도에 대해 조금이라도 관심이 있는 사람이라면 '다케시마의 날'에 대해서 알 것이다. 하지만 일본 중앙정부가 시마네현에 독도 관리 명목의 교부세를 지급한다는 사실을 아는 사람은 드물 것 같다. 어이없는 일은 여기서 그치지 않는다. 회계연도가 끝날 때면 불용 처리로 교부세를 반납하고 다시 같은 일을 반복한다. 교부세뿐 아니라 광업권과 어업권에 대해서도 갱신과 연장을 반복하며 그들 나름대로 실효적 지배의 근거를 남기고 있다. 어처구니없는 정도가 아니라 등골이 서늘해진다. 만약 이런 상대가 국가가 아니라 옆집이라면, 당장 이사를 고민해야 할 것이다. 일본은 그런 나라다.

불편하겠지만 우리는 '다케시마의 날'에 대해 좀더 소상히 알아야 한다.

2005년 3월 16일 시마네현 의회는 '1905년 2월 22일 독도를 일본제국 시마네현으로 편입 고시한 것을 기념'하기 위하여 2월 22일을 '다케시마의 날'로 정하는 조례안을 통과시켰다. 독도를 침탈한 지 100년이 되는 날이었다.

1905년 2월 22일은—무력에 의한 강제 조약이자, 고종 황제가 끝까지 재가하지 않아 원인 무효인—을사조약을 맺기 9개월 전이다. 독도는 일제가 저지른 한반도 침탈의 첫 희생물이었다. 당시 대한제국 정부는 일제의 독도 침탈 야욕을 알았다. 1900년에 고종 황제는 칙령 제41호로 독도가 조선 영토임을 세계에 알렸다. 일제는 이를 묵살했다. 러일전쟁 중이었던 1905년 2월 22일 일본은 독도를 일본 영토로 불법 편입하였다. 현재 일본 정부는 이 허무맹랑한 도적질을 독도 영유권 주장의 주된 근거로 삼는다. 하지만 '1905년 2월 22일의 진실'은 독도는 한국 땅임을 증명한다.

시마네현이 2005년 3월 16일 '다케시마의 날'로 정한 조례안을 통과시켰을 때 경상북도는 바로 그날 한·영·일어로 된 성명서를 발표하고 독도지키기 종합 대책을 마련하였다(2008.9.18 범정부적으로 마련한 독도영토 수호를 위한 28개

성명서

- 일본 시마네현의회의 소위 "다케시마의 날" 조례 의결 관련 -

대한민국 경상북도는 일본 시마네현과 오랜 교류의 역사적 근거와 지리적 인접성을 이유로 지난 1989년 10월 6일 자매결연을 맺은 이후 15여 년 동안의 교류협력 활동을 통해 양국의 우호증진과 친선교류에 크게 기여해 왔다.

그러나 오늘 시마네현의회에서 그간의 신뢰와 우정을 저버리고 그토록 우려

했던 소위 "다케시마의 날" 조례 제정을 강행하므로써 역사적으로나 국제법적으로 우리의 영토가 명백한 독도(獨島, Dokdo)에 대한 침략행위를 하였다.

우리는 시마네현의 이와 같은 행태를 온 국민의 이름으로 규탄하면서 독도를 관할하는 경상북도지사로서 국내외에 천명한다.

독도는 행정구역상으로 경상북도 울릉군 울릉읍 독도리 산 1-37번지로서 역사적으로 서기 512년 우산국(于山國)이라는 지명으로부터 현재 독도로 불려지기까지 1500여년 한결같이 우리의 조상들이 관리해 온 고유의 영토임이 분명하다.

아울러 수천 년 동안 경상북도민들이 어업행위를 해 온 소중한 생활터전이며, 생태적으로 보전할 가치가 있는 다양한 생물자원이 있어 천연기념물로 지정하여 보호하고 있는 경상북도의 아름다운 섬이다.

오늘 이 같이 소중한 경상북도의 보물이자 재산을 찬탈하려는 시마네현의 도발적 행위는 지방정부간의 외교관계에서도 전례가 없는 만행이며, 주권국가에 대한 도전행위로 규탄 받아 마땅하다.

특히 양 국가는 금년을 "한일 우정의 해"로 정하고 각종 친선사업들을 진행하고 있는 상황에서 이 같은 침략행위를 하는 것은 입 속에는 꿀을 담고 뱃속에는 칼을 숨기고 있는 구밀복검(口蜜腹劍)의 배신행위로서 도저히 용서할 수 없다.

또한 시마네현의 일련의 행동들에 대해 수차례에 걸친 항의와 성명을 통해 충분히 경고하였음에도 불구하고 오늘 이 같은 망동을 범한 점은 더 이상 우호·신뢰관계를 유지할 의사가 없는 것으로 보고 자매결연 관계를 철회하고 시마네현과의 단교를 선언한다.

앞으로 우리는 경상북도 동해의 아름다운 섬, 독도를 가꾸고 지키기 위해 국민들과 함께 뜻을 모아 다양한 정책들을 펼쳐 나갈 것이다.

2005년 3월 16일
경상북도지사

성명서 발표하는 당시 이의근 경상북도 지사(2005.3.16).

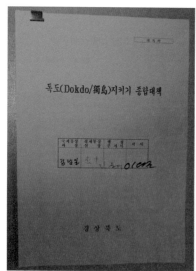

경상북도가 처음으로 마련한 독도지키기 종합대책.

일본 아사히 신문의 경상북도 대책에 대한 반응(2005.3.16).

독도를 자신의 영토로 포함시킨 시마네현 문서는 한국 영토인 독도를 자신들이 도적질했다는 사실을 시인하는 자필 서명이다. 이것이 1905년 2월 22일의 진실이다. 당시 일본은 독도가 한국 땅임을 분명히 인식했다. 최근에 독립기념관 윤소영 연구원은 '근대 일본 관찬 지지(地誌)와 지리 교과서에 나타난 독도 인식'이라는 논문을 통해 그와 같은 사실을 밝혔다. 일본 근대 초기 태정관(메이지유신 이후 설치된 최고 행정 기관) 정원 발행 관찬지인 '일본지지제요(1874)'에는 울릉도와 독도가 시마네현 오키 부속섬과 별도로 서북 방향에 있다고 적혀 있다. 독도를 시마네현에 편제한 뒤 '지학잡지'에 글을 연재한 지리학자 다나카 아카마로는 "메이지 초기 태정관 정원이 본방 영유임을 인정하지 않아 그 후 출판된 지도에는 소재도 표기하지 않았다"고 적었다. 1906년 발행한 '소학지리용 신지도'에도 독도는 일본 영토에 포함되지 않았다. 그러나 1908년 문부성이 발간한 '심상소학교용 소학지리부도'는 한국까지 일본과 마찬가지로 붉은색을 칠해 한반도 침탈 야욕을 선명히 드러냈다. 만약 1905년 2월 22일 시마네현 고시를 근거로 독도가 일본 땅이라고 주장하는 것이 타당하다면 한반도도 일본 땅이어야 한다. 1908년에 일본 문부성이 발행한 교과서에 한반도를 자기 땅이라고 '색칠'했으므로.

범죄자는 자신의 범행 장소를 배회하는 습성이 있다는데, '다케시마의 날' 행사가 딱 그 짝이다. 일본은 2013년 2월 5일 독도 문제를 총괄하는 '영토·주권 대책 기획조정실'이란 부서를 내각 관방 내에 설치했다. 2월 22일 시마네현은 여덟 번째 '다케시마의 날' 행사를 치렀다. 앞으로 우리는 일본 정부가 주최하는 '다케시마의 날' 행사를 보게 될지도 모른다. 집권 자민당의 정책 공약사항이었기 때문이다. 이에 비해 우리 정부의 대응은 조용해도 너무 조용하다. 그런다고 해서 일본 정부가 제풀에 지치는 것도 아니다. 적극 대응이 일본의 의도대로 분쟁 지역화에 일조할 것이라는 생각은 역으로 오해를 불러일으킬 소지가 다분하다. '다케시마의 날'은 선언적인 의미의 행사도, 단순히 한국 정부를 자극하는 행위도 아니다. 그들은 이 모든 것을 국제사법재판소 제소의 명분으로 삼을 것이다. 미온적 대응의 결과가 국제 사회에 독도가 일본 땅임을 기정사실화시키는 결과를 초래한다면? 내심 일본이 기대하는 바가 그것이라면? 끔찍한 일이다. 우리는 더 적극적으로 일본의 뻔뻔함을 국내외에 알려야 한다.

조용한 외교의 전환을 선언하는 독도관련 특별담화문을 발표하는 당시 노무현 대통령(2006.4.25).

국제 사회가 일본 각료의 신사 참배를 비판하는 것은, 일본이 과거에 저지른 죄악을 진심으로 뉘우치지 않는다고 보기 때문이다. 누구도 그런 비판에 대해 일본의 주권을 침해한다고 생각하지 않는다. 일본과 같아지지 않으려고, 다시는 그런 죄악이 반복되지 않도록 하기 위한 양심의 명령에 따른 행동이다.

우리 정부가 '조용한 외

2008.7.29 한승수 총리 방문 때 독도경비대장과 함께.

1948년 6월 독도폭격사건에 의해 희생된 어민들을 추모하는 독도조난어민위령비를 찾은 독도경비대원들과 울릉주민.

교로 얻은 것은 무엇인가? 일본 정부의 더욱 노골적인 영유권 주장이다. 1999년, 이어도 해양기지 다음으로 독도에 설치하려 했던 '독도종합해양과학기지'는 일본의 눈치를 보는 모 부처 때문에 무산되었다. 독도 관광객의 안전을 위해 세우려 했던 '독도입도지원센터'는 예산 확보, 문화재 심의 등 모든 절차를 마치고 공사 입찰 공고를 한 상태에서 중단되었다. 혹시라도 심장마비 같은 응급 환자가 생기기라도 하면 어떻게 할 것인가. 이지스함의 명칭도 안용복함에서 세종함으로 바뀌었다. 조용한 외교의 결과다.

1-2 '불법 점거' VS '실효적 지배'

일본은 시마네현을 앞세워 독도 영유권을 주장한다. 앞서 말했듯이 중앙정부에서는 시마네 현에 교부세까지 지급한다. 간교하고도 치밀하다. 이로써 일본 정부는 독도에 대해 '주권'을 행사했다고 주장할 것이다. 이런 얄팍한 꾀가 국제사회에 통할 리가 없다는 생각은 안이하다. 국가 간의 대립은 고부갈등과 다르다.

현재 독도에 살고 있는 사람은 김성도 씨 부부와 포항지방해양수산청 독도항로표지관리소 직원, 울릉군 독도관리사무소 직원 그리고 경북지방경찰청 독도경비대 대원들이다. 우리 정부는 경찰을 주둔시킴으로써 군사적 접근에 따른 부담을 피했다. 정부로서는 최선의 해법을 찾은 셈이지만, 그것이 실효의 최대치이기도 하다. 이에 대한 일본의 시각은 어떨까? 불법 점거일 뿐이다.

독도에 대한 일본 정부의 입장은 일관되게 '불법 점거'다. 우리 입장에서는 일고의 가치도 없는 주장이지만, 무대응으로 일관할 일은 아니다. 그렇다면 어떻게 대응할 것인가. 지배의 실효성 강화다. 진정한 실효적 지배는 대한민국의 국민이 독도에서 단순한 '생존'이 아니라 '생계'를 꾸려나가는 것이다. 그렇게 되면 경찰 주둔의 정당성은 두말할 나위가 없다. 요컨대, 독도를 실질적으로 '유인도화' 하자는 얘기다. 그리고 그 일을 울릉도와 경상북도에 맡겨 달라는 것이다.

"지방정부가 하는 일에 중앙정부가 관여할 수 없다."

일본 시마네현이 독도를 시마네현 고시로 불법 편입한 지 100년 되는 해(2005.2.22)에 맞춰 제정한, 소위 '다케시마의 날' 조례(2005.3.16 발표)에 대한 일본 정부의 입장이다. 하지만 이것은 형식 논리일 뿐이다. 중앙정부가 나서서 교과서를 발행하는 출판사에 '독도 일본 영유권'을 명기하도록 하고, 방위백서에도 독도 영유권을 기술하는 등 사실상 일본 정부가 도발을 주도한다. 그렇다면 경상북도의 독도 유인도화 구상에 대한 우리 중앙정부의 입장은 어떨까?

우리 정부는 경상북도의 독도 유인도화 계획을 완강히 반대한다. 문화재청은 독도가 '천연보호구역'(1982년 지정)이라는 이유로, 환경부는 생태계 보전을 위한 특정 도서이기 때문에 안 된다고 한다. 발언자를 가리고 듣는다면 심층생태주의를 주장하는 NGO단체의 목소리로 들릴 정도다. 만약 이것이 합당한 이유라면 현재 주둔하고 있는 독도경비대의 존재 자체가 모순이다. 생태계 보전의 중요성을 누가 모르겠는가. 독도의 중요성은 생태계의 중요성과 비교하여 양자택일할 성질의 것이 아니다.

현재 독도는 난개발을 하고 싶어도 불가능하다. 괭이갈매기 서식지 보존은 원천적으로 우려의 대상이 아니다. 사람의 접근이 불가능한 절벽이다. 탐방객에 의한 훼손도 큰 걱정거리가 아니다. 기상 여건상 외부인의 입도 가능 일수는 1년에 45일 정도밖에 안 된다. 무조건 통제와 격리가 천연기념물 지정의 근본 취지는 아닐 것이다.

천연기념물의 지정 주체는 사람이다. 자연의 일부인 사람과 자연의 항구적 공존을 모색하는 방안으로서 천연기념물을 지정하여 보호한다. 진정 인간이 자연을 아끼고 사랑하는 마음으로 자연을 향유할 때, 자연과 인간의 지속 가능한 공존의 길이 열린다. 독도 유인도화는 이런 시각으로 접근해야 한다.

백보를 물러나 생각해 보건대, 국가를 부정하는 급진적 환경주의자라 할지라도 일본의 독도 침탈 야욕 앞에서는 독도 유인도화에 손을 들어 줄 것 같다.

1-3 무주지(無主地) 독도 VS 울릉도 앞마당 독도

일본이 바라보는 독도는 무주지(無主地), 즉 '주인 없는 땅' 또는 '아무도 살지 않는 땅'이다. 이런 시각에서는 독도경비대의 주둔도 상징적 혹은 선언적 의미로는 몰라도 '실효적 지배'의 근거로 받아들이지 않는다. 바로 이런 이유 때문에 독도의 유인도화는 독도 수호의 절실한 과제다.

독도를 유인도화 한다는 것은 울릉도와 독도를 하나의 생활권으로 묶는다는 의미다. 울릉도와 독도는 모녀 혹은 부자의 관계다. 울릉도는 독도의 모섬이다. 울릉도 없는 독도는 글자 그대로 홀로 섬일 뿐이다. 독도의 유인도화는 울릉도가 있기 때문에 가능하다. 울릉도가 있어서 '생존' 차원이 아니라 '생활'이 가능하다. 그런데 우리 정부는 이렇게 생각하지 않는다. 심지어 "독도를 핑계로 울릉도를 개발하려 한다"며 예산 지원을 반대하기도 한다. 국가의 재정을 총괄하는 기획재정부에서 하는 소리다. 독도의 유인도화는 경제성 이전에 독도에 대한 국민 정서와 아울러 동해 최동단 섬으로서의 지정학적, 해양자원적 가치 등을 고려해야 한다. 오죽하면 울릉군민들이 "일본 정부 같았으면 울릉도와 독도를 이대로 놔두었겠는가. 울릉군수가 일본 가서 예산 로비하는 것이 더 빠르다"고 할까. 울릉도 없이는 독도도 없다. 독도 수호의 베이스 캠프가 바로 울릉도다.

울릉도와 독도가 모섬과 부속 섬의 관계인 것은 육안으로 보이는 데서도 증명된다. 보인다는 것은 언제든 마음만 먹으면 신체적 접촉이 가능한 범위 내에 있다는 걸 의미한다. 울릉도~독도는 87.4km, 일본 열도에서 독도와 가장 가까운 오키 섬~독도는 157.5km. 일본 어디에서도 독도를 볼 수 없다. 울릉도와 독도는 서로 마주보는 관계다. 독도는 울릉도의 앞마당이다.

과거 조선 태종 시절 울릉도에 대한 수토정책, 1696년 조선 숙종 때 안용복을 유배 보내던 조정, 이 모두가 수백 년이 지난 오늘 우리에게 시사하는 바가 많다. 독도마을 조성 등 독도 유인도화 정책은 후손들에게 안겨줄 조국의 모습을 결정짓는 일이다. 독도 유인도화를 통해 울릉도와 독도를 하나의 생활권으로 묶는 것, 이것이 독도 유인도화의 핵심이다.

1-4 오키노토리시마 VS 독도

태평양 상에 국제적으로 '더글러스 암초'라고 불리는 바위가 있다. 1789년에 이 바위를 발견한 영국인 윌리엄 더글러스의 이름을 땄다. 이보다 앞선 16세기에 스페인 배가 이 바위를 발견하고 '파레세 벨라(Parece Vela, 돛 모양이라는 뜻)'로 명명했다. 이 바위를 일본에서는 '오키노토리시마'라 부른다. 제1차 세계대전에서 연합국의 일원으로 전쟁에 참여한 일본은 종전 후 연합국의 자격으로 독일의 해외 식민지 일부를 위임 통치하면서 1922년에

울릉도 석포에서 바라본 독도(사진:김철환)

이 바위를 발견했고, 1931년에 내무성이 자국 영토로 고시했다. 오키노토리시마란 '먼 바다의 새들의 섬'이라는 뜻으로 도쿄에서 무려 1,740㎞나 떨어졌다.

일본에서 주장하는 오키노토리시마의 면적은 10㎡가 못되며, 만조 때 두 바위가 10~20㎝ 정도 고개를 내미는 바윗덩어리에 불과하다. 일본은 이 바위를 섬으로 인정받기 위해 1988년 300억 엔이라는 막대한 돈으로 콘크리트를 쏟아 부어 인공 섬을 만들었다. 그러고는 이 섬이 일본의 최남단 섬이라는 전제하에 일본 국토 면적의 66%에 해당하는 25만㎢의 대륙붕을 주장했다. 그러나 2012년 유엔 대륙붕한계위원회는 일본의 주장을 받아들이지 않았다. 일본의 의도와 반대로 '섬(island)'이 아니라 '바위(rock)'라는 사실만 확인한 결과로 끝나고 말았다.

오키노토리시마에 대해서는 중국이 우리나라보다 더 민감하게 반응한다. 현재 일본과 영토 분쟁 중인 댜오위다오(일본명 센카쿠)와 가깝기 때문이다. 그렇지만 중국은 댜오위다오에 대한 입장과 달리 영유권 문제보다는 '섬'으로 인정하지 않는 것에 초점을 맞춘다. 해양법상 사람이 사는 섬이 아니면 배타적경제수역과 대륙붕을 가질 수 없다.

해양법 조약 121조 1항에서는 '섬'을 "자연적으로 형성된 육지로 사면이 바다로 둘러싸여 있되 만조 때에도 수면 위로 나와 있어야 한다"고 규정한다. 이 규정에 따르면 빈약하긴 해도 섬으로 인정받는다. 하지만 121조 3항은 "사람이 거주해 독자적으로 경제생활을 할 수 없는 바위는 배타적경제수역이나 대륙붕을 가질 수 없다"고 규정한다. 또한 해양법 60조 8항은 "인공 섬, 시설 및 구축물은 섬의 지위를 가지지 못한다. 영해를 가지지 못하며 배타적경제수역이나 대륙붕의 경계 획정에 아무런 영향을 미치지 못

오키노토리시마의 위치.

서울에 있는 도로원표에서 독도까지의 거리(435km).

한다"고 규정한다. 오키노토리시마는 인공 섬이기도 하지만 사람의 생활이 전혀 불가능하다. 그래도 일본은 꿋꿋하게 오키노토리시마를 자국 영토의 최남단이라고 주장한다.

오키노토리시마와 독도를 비교해 보자. 오키노토리시마의 면적은 만조 때 수면 위로 드러나는 바위 2개를 합해 약 10㎡에 불과하다. 독도는 총 면적이 187,554㎡로 오키노토리시마에 비해서는 엄청나게 큰 섬이다. 더욱이 오키노토리시마는 일본 열도의 동남쪽에 치우쳐 있는 도쿄와 1,740km나 떨어졌지만 독도는 국토의 서쪽에 치우친 서울과 직선거리 435km로 제주도보다 가깝다. 육지부에서 가장 가까운 곳은 울진군 죽변으로 216.8km 떨어졌다.

오키노토리시마의 사례는 독도 영유권에 대해 일본에 대응하는 우리 정부의 태도가 지나치게 수세적이라는 것을 알게 한다. 독도의 정주성 강화를 머뭇거릴 이유가 없다. 인류의 공동 자산인 태평양의 심해저까지 부

독도에서 바라 본 울릉도(사진:김철환)

당하게 침해하려는 일본과 비교할 것도 없이, 당당하게 우리 영토에서 모든 권리를 행사해야 한다.

킹 사이즈 침대만한 크기의 오키노토리시마에 대한 일본의 태도는 독도를 '무주지'로 주장하는 그들의 입장을 스스로 무너뜨린다. 그래서 독도에 사람이 살고, 이전에도 사람이 살았던 사실이 중요하다. 그것이 국제 해양법에서 인정하는 가장 강력한 영유권의 근거다.

독도를 유인도화 해야만 독도를 기점으로 EEZ와 대륙붕을 주장할 수 있다. 독도를 기점으로 할 경우 동해에서 우리나라의 EEZ는 경상북도 땅만큼 더 넓어진다.

1-5 독도 영유에 관한 불편한 진실

불편한 진실이지만 '독도왜란(獨島倭亂)'은 시작된 지 오래다(일본 시마네현 마쓰에(松江) 지방검찰청은 2012년 8월 10일에 한국 땅 독도를 방문한 이명박 대통령에 대하여 입국관리난민법(불법입국) 용의로 고발을 수리하고 불기소 처분하였으며, 대한민국 장관들이 독도 방문 시 마다 항의하고 기록을 남기고 있다). 이미 독도는 일본과 공유한다고 봐야 한다. 한국인이라면 누구나 분노를 일으킬 만한 사안이지만 분노만으로는 독도를 못 지킨다. "독도는 한국이 점유하고 있지만 일본이 영유권을 주장하는 분쟁 지역"이라고 보는 국제사회의 시각을 냉철히 마주해야 한다.

국제사회는 특별히 우리에게 온정적이지 않거니와, 정의롭지도 않다. 국제질서는 자국의 이익이라는 실리와 국력에 의해서 만들어진다. 한 예로 현재 일본이 독도 영유권을 주장하는 근거로 내세우는 '대일강화조약(샌프란시스코 강화조약)'의 체결 과정을 보면 미국의 이중적인 태도가 독도 영유권 논란의 빌미를 제공한다는 것을 알 수 있다. 문제가 되는 대일강화조약 제

2조 (a)는 다음과 같다.

"일본은 한국의 독립을 승인하고 제주도, 거문도, 울릉도를 포함한 한국에 대한 모든 권리, 권원 및 청구권을 포기한다."

독도가 한국 땅임이 명시되지 않았다. 이를 근거로 일본은 독도가 일본 령임을 주장한다. 왜 이런 일이 벌어졌을까? 미국의 이중적인 태도 때문이 었다. 대일강화조약 초안 작성 과정에서 제5차까지 독도는 일본 영토에서 제외된다고 명시되었으나, 미국에서 작성한 제6차 초안에서는 반대로 일본 영토로 기재되었다. 하지만 최종 안에는 독도가 일본 영토로 기재되지 않았다. 다른 연합국이 반대했기 때문이다. 1951년 봄 영국이 독자적으로 제출한 초안에도 일본이 포기해야 할 영토에 독도가 포함됐었다. 호주가 제출한 초안도 마찬가지였다. 결국 미국은 최종 논의 과정에서 슬그머니 독도를 빼버렸다. 미국이 논란의 빌미를 만들었다. 그 이유는 1950년 한국전쟁 발발과 함께 냉전이 시작되면서 미국은 공산권에 대한 견제의 교두보로서 일본의 역할을 기대했기 때문이라는 것이 학계의 통설이다.(영남대학교 민족문제연구소 발행 『독도를 보는 한 눈금 차이』163~171 참고)

우리는 지금 또 다시 미국이 주도하는 국제질서의 냉혹한 현실을 마주했다. 2013년 10월 4일 미국은 일본의 '집단적 자위권 행사'를 환영한다는 입장을 밝혔다. 이것만이 아니다. 척 헤이글 미국 국방장관은 "센카쿠는 일본의 실효적 지배 아래에 있다. 실효적 지배를 침해하는 어떤 행동도 반대한다"고, 중국과 영토 분쟁중인 센카쿠(중국명 댜오위다오) 열도에 대해 일본

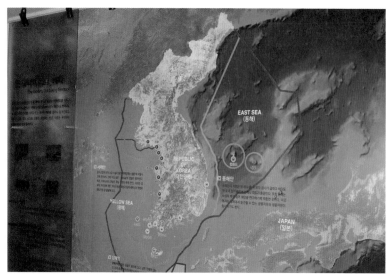

대한민국 EEZ(녹색경계가 영해, 빨강 경계가 배타적 경제수역—한국해양과학기술원 자료).

편을 들고 나섰다. 그 배경에는 중국의 해양 진출 견제, 북한의 핵미사일 개발에 대한 미일 양국의 우려가 깔려 있다. 미국은 일본에 침략을 당한 한국을 비롯한 아시아 국가들의 입장보다는 자국의 이익이 더 큰 쪽을 선택했다. 이것이 국제 관계의 룰이다.

최근 들어 일본의 독도 도발에 호재를 제공한 것은 1998년 11월 28일 체결되어 1999년 1월 22일부터 발효된 〈신한일어업협정〉이다. 이 협정에 따라 독도는 '중간수역'이 되었다. 한·일 양국이 공동 조업을 할 수 있는 곳으로, 일본 정부에서는 '잠정 구역'이라고 부른다. 김대중 정부 때에 체결된 이 협정으로 일본 정부는 언제라도 영유권을 제기할 수 있는 공식적인 근거를 마련했다는 입장이다. 당시 우리 정부는 국제법상 영해를 설정하는 협정이 아니라 어업에 관한 협정이므로 영유권에 대해서는 언급할 필

독도, 대한민국 영해기점을 가리키며.

독도 동도 정상에 있는 대한민국 영해기점.

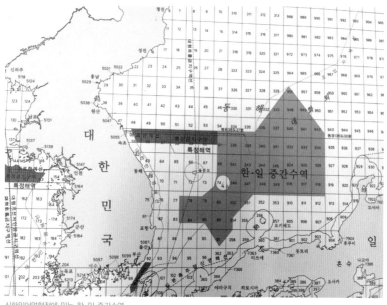

신한일어업협정에 있는 한·일 중간수역.

요가 없고 오히려 독도의 영유권에 문제가 있다는 것을 표출하는 결과만 낳는다고 주장했다. 하지만 독도를 중간수역에 넣어버림으로써 그곳에 엄연히 존재하는 우리 어민과 경찰 인력, 등대와 어민 숙소, 접안 시설 등을 허구적 존재로 만들어버렸다. 우리 정부에서 그토록 강조하는 '실효적 지배'의 실효성을 우리 정부가 앞장서 무시한 것이다. 설사 우리 정부의 생각대로 이 협정이 영토 분쟁의 또 다른 빌미가 되지 않는다 해도, 독도에 대한 우리나라의 배타적 지배성이 훼손된 것만은 사실이다.

다시 대일강화조약으로 돌아가서, 우리는 이 조약에 독도가 일본이 포기해야 할 영토로 명기되지 않은 것에 대해 일본과는 정반대로 해석한다.

독도가 '울릉도의 부속 섬'이라는 것이 그 논거다. 그렇다면 현실을 보자. 과연 독도는 울릉도에 딸린 섬이라고 볼 정도로 경제적, 역사적, 문화적으로 결속돼 있는가? 임의적 해석이 아니라 세계인 모두가 그렇게 인정할 정도로 공동운명체를 이루고 있는가? 우리는 이 물음에 대해 정직해야 한다. 그래야만 독도를 지킨다. 나의 생각은 아직 '부족하다'는 것이다. 그래서 하루빨리 독도에 마을을 조성하고 정주성을 강화해야 한다고 주장한다. 당연히 그 일의 주체는 울릉도와 경상북도여야 한다.

2008년 8월 15일 독도에서 경상북도 광복절 기념행사를 열었다. 그때 나는 환경해양산림국장 겸 독도수호대책본부장으로서 울릉군수(당시 정윤열 군수)와 함께 행사를 주재했다. 울릉도로 돌아온 그날 저녁 울릉군수가 부른 '홀로 아리랑'을 지금도 나는 잊지 못한다.

"가다가 힘들면 쉬어 가더라도 손잡고 가보자 같이 가보자…"

그렇다. 손잡고 가야 한다. 다만 512년 이사부 이후 1,500년 동안 울릉군민들이 독도를 지켜왔듯이, 울릉군민들이 중심이 되어 계속 지켜가도록 도와야 한다. 때로 힘들면 손잡고 경상북도 전체가 같이 가야 한다. 중앙정부는 기댈 언덕이 되어 측면에서 지원해야 한다. 그래야 일본이 떠들지 못한다.

2008.8.15 독도에서. 중간 푸른색 우의 입은 분이 김성도씨, 우측에서 세번째가 필자. 다른 분들은 당시 경상북도 독도과 직원들.

미국 의회도서관의 독도 주제어 표기 변경을 막았던 조지워싱턴대학 김영기교수를 초청하여 8.15광복절 행사를 독도에서.

2. 독도는 동해 끝이 아니라 대양을 향한 관문이다

2-1 독도, 해양 대국의 거점

우리나라 사람들조차도 대부분 동해를 울릉도, 독도를 포함함 경상북도 그리고 강원도 앞 바다 정도로 생각한다. 사실 동해 전체 면적 중 우리나라 관할수역의 면적은 약 12%에 불과하다. 유럽, 아시아를 포괄하는 유라시아 대륙의 동쪽 바다로서 우리나라뿐만 아니라 러시아, 일본 수역을 포함하는 넓은 바다가 동해다. 동해가 있어서 우리는 무역 대국으로 성장했다. 동해는 우리에게 해상교통로의 기능뿐 아니라 자원의 보고로서 항구적 발전을 약속할 삶의 터전이다.

독도를 지키는 일은 해양자원을 지키는 일이고, 동해의 산업화 또한 독도를 지키는 일이다. 한 예로 독도 해저에는 엄청난 양의 불덩이가 얼음 상태로 잠자고 있다. 이른바 '불타는 얼음'이라고 불리는 '메탄 하이드레이트이다. 메탄가스가 바다 밑에서 물과 결합한 고체 형태의 가스다. 차세대 에너지원으로 전 세계가 주목해 왔지만 추출 방법을 찾지 못하여 얼음 상태로 존재하는 불이다. 그런데 2013년 3월 일본이 세계 최초로 일본 남쪽 바다 지하 메탄 하이드레이트 층에서 가스를 추출하는 데 성공했다. 5년 뒤면 상업적 생산이 가능하다고 한다. 이 메탄 하이드레이트가 울릉도와 독도 바다 밑에도 매장돼 있다. 약 6억 톤 정도로 추정하는데, 우리나라 국민이 30년 동안 사용할 수 있는 양이다. 현재의 천연가스 가격으로 환산하면 약 164조 원 정도의 잠재적인 가치가 있을 것으로 평가한다.

역시 무서운 일본이다. 일본이 독도 영유권에 집착하는 건 엄청난 경제적 이득 때문이기도 하다. 따라서 그들이 독도 영유권을 주장하는 건 독도를 분쟁지역으로 묶어 둠으로써 우리도 독도를 그저 바라보게만 하려는 다중적 노림수라고 봐야 한다. 결과적으로 우리 정부의 '조용한 외교'는 그들의 의도에 200% 부응하는 셈이다. 아무리 생각해도 이건 아니다. 그럼 어떻게 할 것인가. 방법이 있다. 정부의 조용한 외교보다 더 조용하면서도 아름답고, 실질적으로 독도를 우리 영토화 하는 길, 독도마을을 만드는 것이다.

2-2 대양을 안은 마을공동체 — '독도마을'

역사적으로 독도가 우리 삶의 영역으로 들어온 것은 그곳에서 어업을 하면서부터다. 안용복이 울릉도로 침입한 일본 어부들을 쫓아내고, 두 번이나 일본으로 건너가 일본의 최고 권력기관으로부터 울릉도와 독도가 우리 영토임을 인정 받은 것은 어업권을 지키기 위해서였다. 우리 어민들이 마음 놓고 고기잡이를 하기 위해서 먼저 울릉도와 독도가 우리 땅임을

덕진호와 함께 독도 근해에서 조업하는 당시 독도 주민 최종덕.

독도 바다에서 채취한 해산물을 즉석에서 먹으며 즐거운 한 때를 보내고 있는 당시 독도 주민들.

인정 받은 것이다.

독도에 해녀들이 발붙인 건 일제강점기 말인 1940년대부터다. 해방 후 1956년 울릉수산업협동조합이 미역 채취에 대한 독점권을 갖기 전까지는 한국 사람이라면 누구든 독도에 가서 미역을 딸 수 있었다.

행정적 의미에서 최초의 독도 주민이었던 최종덕 씨도 고기를 잡아 생계를 꾸리기 위해 독도에 들어갔다. 울릉도 주민이었던 그는 1965년부터 울릉군 도동 어촌계로부터 해산물이 풍부한 독도 공동어장 채취권을 사서 독도에 붙박아 살았다. 다른 증명 같은 건 필요 없었다. 그런 그가 1981년에 군이 독도로 주민등록지를 옮긴 이유는, 일본이 독도 영유권을 주장하는 망언을 일삼자 "단 한 명이라도 우리 주민이 독도에 살고 있다는 증거"를 남기기 위해서였다.

도동 어촌계에서 독도 공동어장 관리권을 갖는다는 것은 독도가 울릉도 앞마당의 일부라는 의미다. 울릉도와 독도는 행정적 편제 이전에 운명공동체, 생활공동체로서 마을공동체이다. 만약 일본이 '생떼'가 아니라 진심으로 독도 영유권을 주장한다면 당연히 '울릉도도 자기 땅이라고 주장해야 옳다.

우리 정부는 '조용한 외교'와 함께 '실효적 지배'의 상징으로 경찰 병력을 주둔시키고 있지만 오히려 실효성을 아슬아슬하게 한다는 게 내 생각이다. 주민들의 생활이 이루어지지 않은 상황에서 존재하는 경찰은 상징성 말고는 큰 의미가 없다.

독도 주민 숙소에 있는 김성도 부부-어업 시설.

울릉도 주민들과 함께 해 온 오징어.

다 알다시피 지금도 독도에는 '주민'이 산다. 김성도 씨 부부다. 이들만으로는 국제사회로부터 독도를 바위가 아닌 섬으로, 무인도가 아니라 유인도로 인정 받기에 부족하다. 이 부부 이후에 누군가가 이들의 역할을 대체한다고 해도 마찬가지다. 따라서 '독도마을'로 불릴 수 있을 정도의 주민 확충이 필요한데, 10가구 정도가 적당하다고 본다.

현행 수산업협동조합법에 따르면 어촌계 계원수가 10명 미만이면 어촌계는 해산된다. 즉, 10명 이상의 조합원이 있어야 '독도 어촌계' 구성이 가능하다. 현재 김성도 씨는 울릉군 '도동 어촌계' 소속으로 어로 활동을 한다. 만약 독도 어촌계를 꾸린다면 독도마을이 독자적으로 어업면허를 가지고 경제 행위를 하면서 국가에 세금도 낼 것이다. 이렇게 되어야 진정한 실효적 지배다.(일본 시마네현에서는 우리 땅인 독도에 어업권과 광업권을 주는 행정 행위를 계속한다.)

한편 김성도 씨는 지난 2009년 3월 '독도수산'이라는 상호로 사업자 등록을 했다. 공식적인 독도 1호 사업자등록자가 된 것이다. 하지만 부가세 면세 사업자여서 세금을 내지 않다가 2013년 5월 21일 '독도사랑카페'라는 관광기념품 소매업으로 업종을 전환하고 명함 케이스, 손수건, 티셔츠 등 기념품을 판매하여 연간 3천 200만원의 매출을 올려 간이 부가세 납부 대상자가 됐다. 그리고 2014년 1월 처음으로 부가세 19만 3천원을 납부했다. 경상북도에서는 한 걸음 더 나아가 경상북도 신용보증재단 울릉·독도출장소를 열어 사업 자금을 대출하였다. 향후 독도마을이 생긴다면, 그 전에 독도입도지원센터라도 설치된다면 우리나라 은행의 ATM 단말기를 놓아서 독도 주민뿐 아니라 독도를 찾는 국민 누구나 현금 인출을 하게 할 것이다. 이렇게 해야 상징적 의미를 넘어 실질적인 경제 행위가 이루어지는 유인도가 될 것이다.

경상북도 신용보증재단 울릉·독도출장소 개소식.

울릉도 40년이상된 제일두부, 경상북도 향토뿌리기업 지정.

독도어촌계 구성은 그리 어렵지 않다고 본다. 울릉도가 본적이거나 울릉도에 주민등록을 한 사람 가운데 어업면허가 있거나 어촌계 소속으로 일정 기간 이상 어업에 종사한 사람을 대상으로 독도 거주자를 모집한다면 충분히 가능할 것이다. 독도에 상주하며 연구하는 해양연구자도 어촌계 일원으로 등록해 봄직도 하다. 귀농보다 어려울 것도 없고, 유기농보다 더 친환경적인 어로 활동이 가능하다. 그리고 김성도씨의 후계목을 미리 키운다는 의미도 있을 것 같다.

독도마을을 조성하려면 환경 파괴 문제를 걱정하지 않을 수 없다. 먼저 환경부나 문화재청에서 제동을 걸 것이다. 하지만 크게 문제될 일은 아니다. 현재 독도에 주둔하는 독도경비대가 그것을 증명한다. 현재 경비대원의 수는 40여명이다. 독도는 이들이 살아가는 데 별 문제가 없다. 이들 때문에 독도의 자연환경에 문제가 일어나지도 않았다. 10가구의 주민이 살지 못할 이유가 없다. 만약 독도경비대와 10가구 주민을 합치면 독도의 환경에 과부하가 걸릴 것이라는 우려는 가능하다. 그것이 문제라면 독도경비대의 수를 반으로 줄이면 된다. 어차피 독도경비대는 상징적인 존재이고, 실제적인 경비 활동은 해경이 맡고 있다.

독도를 지키는 데 울릉 주민보다 적격자는 없다. 그들은 누구보다도 바다와 독도 주변의 지형지물들을 잘 알고 독도를 사랑한다. 그들이 진정한 독도의 주민으로 살아갈 때 대한민국의 독도에 대한 주권 행사가 공고해진다. 이것이 진정한 독도 수호다.

독도 주민숙소 공사 장면과 준공식 모습.

이어도 종합해양과학기지에서 한국해양과학기술원 심재설 박사(왼쪽)와 필자(오른쪽).

2-3 독도를 지키는 또 하나의 독도, 독도종합해양과학기지

독도마을 조성이 영토와 영해에 대한 주권 행사의 실제라면, '독도종합해양과학기지' 건설은 해양대국으로서 한국의 미래를 디자인하는 일이다. 예산 문제로, 일본 눈치 보느라고 미룰 일은 더욱 아니다. 남극의 예를 통해 보자.

남극은 지구에서 가장 춥고 넓은 대륙이다. 지구상 유일한 미개척지대로, 남극조약에 따라 어떤 국가도 영유권을 주장하지 못하는 중립지대다. 1988년 2월 17일 우리나라는 이곳의 킹 조지 섬에 세종기지를 세웠다(북극 다산기지도 별도 운영). 2014년 2월 12월에 준공된 두 번째 남극 기지인 장보고기지에서 대형 운석 81개를 발견하는 등 이미 여러 성과가 나타나고 있다. 근시안으로 보면 당장 돈이 되는 일도 아닌데 왜 막대한 예산을 쏟아붓느냐고 힐난할 수도 있겠다.

우리나라가 남극기지를 세운 데에는 크게 두 가지 의미가 있다. 하나는 국제 사회의 일원으로서 인류가 공동으로 풀어가야 할 과제에 동참하는 것이다. 기후 변화 등의 연구 주제는 특정 국가의 문제가 아니라 전 지구적 문제이므로 우리나라도 마땅히 책임을 나누어야 한다. 두번째는 미래를 위한 준비다. 우리나라는 세종기지를 통해 수행한 연구 결과를 인정받아 남극조약 협의당사국회의(ATCM)의 일원이 되었다. 먼 훗날 남극의 무궁무진한 자원을 개발하게 될 때, 우리도 당당히 권리를 행사하게 된다. 미래의 후손을 위한 기획이다.

나는 미국 연수 때 미국의 초등학교 교과서를 보고 남극에 대한 인식을 새롭게 했다. 우리는 학교에서 5대양 6대주라고 가르치는데 미국은 4대양 7대륙이라고 가르친다. 미국 아이들은 남극을 대륙이라 인식하며 자란다.

울릉도 현포에 위치한 울릉도·독도해양과학기지 현판식 기념사진 (기지 명칭이 최근 울릉도·독도해양연구기지에서 울릉도·독도해양과학기지로 변경).

실제로 우리는 남극기지 대원들과 실시간 핸드폰 통화를 할 수 있기도 하다.

해양개발을 위한 과학기지 건설은 산업적으로도 중요하다. 2003년에 완공된 남해의 이어도종합해양과학기지(제주도 마라도 남쪽 149km 위치)에 이어 2009년에는 서해의 가거초 해양과학기지가 완공됐다. 하지만 정부는 2008년 국무총리실이 주재한 국가정책조정회의에서 2009년부터 독도 인근에 종합해양과학기지를 건설한다고 발표해 놓고는 아무런 행동도 하지 않았다.

독도종합해양과학기지는 영토 수호와 해양 주권 확보를 위해서 반드시 필요한 사업이다. 독도마을 조성 사업이 현재의 일이라면 독도 주변에 독도종합해양과학기지를 세우는 일은 미래를 위한 일이다.

3. 교육과 문화의 힘으로 독도를 지킨다

3-1 21세기의 국력은 해양력이 좌우한다

바다에 대한 지배력으로 국가 경쟁의 우위에 서려는 국가간 노력이 첨예하다. 최근 중국이 댜오위다오(일본명 센카쿠 열도)와 한국의 이어도를 포함한 방공식별구역을 발표한 것도 사실은 이들 섬의 영유권 문제와 직결된다.

바다는 지구 표면의 약 71%를 차지한다. 산소의 75%를 바다가 생산한다. 지구에 사는 동식물의 80%가 바다에 산다. 해양의 99%는 아직 탐사되지 않았다. 대륙은 커다란 섬이다. 세계가 하나의 시장으로 묶이고, 지하자원의 고갈을 눈앞에 둔 시점에서 미래의 인류는 바다에 생존을 맡겨야 한다. 극지방을 제외한다면 지구의 마지막 미개척지다. 21세기가 해양의 시대가 되리라는 것은 누구나 예견하는 바다. 21세기의 국력은 해양력(海洋

力)이 좌우한다.

해양력을 한 마디로 정의하기는 쉽지 않다. 전시 같으면 해군력이 곧 해양력의 핵심이겠지만 평화 체제가 구축된 현 시점에서는 다양한 요소가 결합된다. 해양산업, 해양과학 그리고 해군력의 총합이 해양력이다. 조선, 해운, 수산업 등 해양산업 부문에서 우리나라의 해양력은 세계 10위권 수준이다. 하지만 해양탐사, 해양자원개발, 해양환경보전 등 해양과학 분야는 선진국에 비해 크게 뒤처졌다.

독도 문제와 관련하여 가장 민감한 사안인 우리나라 해군력은 일본 해상자위대 전력의 20~30% 수준이라는 것이 군사 전문가들의 대체적인 견해다. 이는 지나치게 육군에 편중된 군사 체계에서 기인하는 것으로 개선의 여지가 크므로 지나치게 비관적으로 해석할 필요는 없다. 그렇지만 낙관할 상황도 아니다. 미래의 해양력을 가늠해 볼 수 있는 해양 교육의 수준을 보면 거의 암담한 형편이다.

2014년에 경상북도 코리아실크로드 프로젝트 추진본부^(당시 필자는 추진본부장으로 총괄 기획)가 2014년 해양실크로드글로벌대장정을 한국해양대와 공동으로 추진한 것도 해상제국이었던 신라의 해양개척 정신과 한민족의 해양교류사를 되짚어 보고 해양민국^(海洋民國)으로서의 위상 재정립을 위해 추진한 것으로서 독도수호와 무관치 않게 추진된 바를 밝혀 둔다.

3-2 해양력의 기초, 해양 교육

일본 시마네현과 단교^(2005년)하기 전인 1999년, 시마네현을 방문했을 때의 일이다. 항구에서 교복을 입은 학생들이 배에서 서성거리는 것을 보고 시마네현 공무원들에게 물었다. 애들이 위험할 것 같아서 물었는데, 결과

2014 해양실크로드 글로벌대장정(2014.9.25 중국 광조우 입항).

2014 해양실크로드 글로벌대장정(2014.12.4 일본 류큐왕국-오키나와 입항).

적으로 창피했다. 수산고등학교 학생들이 자신들의 배에서 실습중이었던 것이다. 일본에는 이런 학교가 여럿이다.

우리나라는 어떤가. 우리나라의 해양수산고 가운데 실습선을 가진 학교는 3군데 밖에 없다. 서해안 보령시의 충남해양과학고, 남해안의 완도수산고, 동해안의 포항해양과학고가 각 1대씩 가졌다. 이에 비해 일본은 31개교에서 82척의 배를 보유했다. 전문 인력 양성 측면에서 우리나라는 일본과 비교조차도 안된다. 이러한 해양 교육의 인프라 차이는 최근의 일이 아니다.

1954년 5월 28일, 독도의용수비대는 독도로 다가오는 한 척의 배를 발견했다. 전혀 예상치 못한 배였다. 일본 수산고등학교 학생들의 실습선이었다. 독도의용수비대는 곱게 그들을 돌려보냈다. 일본의 해양력은 그저 나온 것이 아니다.

나는 해양교육의 중요성을 절감하고 독도중점학교를 두 군데 지정하여 육성했다. 포항해양과학고와 울릉북중학교다. 이들 학생들에게 매년 도비를 지원하여 독도를 탐방하게 한다. 포항해양과학고 학생들은 자신들의 실습선인 해맞이호를 이용하고 울릉북중학교 아이들은 울릉군의 독도평화호를 타고 독도로 들어가 해양의 중요성과 독도가 해양에서 차지하는 중요성을 배운다. 국토해양부의 시그랜트(Sea Grant) 사업도 유치하여 매년 독도를 포함한 동해에 대한 연구 및 교육홍보 사업을 펼쳤다.

2011년부터는 해외에 있는 한인학교 선생님들을 초청하여 독도를 탐방하게 하고 그들로 하여금 교포 학생들에게 독도의 중요성을 가르치도록 지원한다. 동북아역사재단에서도 독도 관련 동아리 활동이 우수한 학교를

포항해양과학고 독도중점학교로 지정(2010.5.11).

울릉북중학교 독도중점학교로 지정(2010.10.25).

'독도지킴이거점학교'로 지정하고 독도캠프를 연다.

학생들이 문학으로 독도 사랑을 표현할 수 있는 프로그램도 진행한다. 안용복재단(지금은 '독도재단'으로 이름이 바뀌었다)에서 2010년부터 초중고 학생들을 대상으로 안용복 청소년 백일장을 개최한다. 2011년부터는 지역 언론사와 함께 '독도문예대전'도 연다. 2009년부터는 격년제로 독도공예품 경진대회도 개최한다. 대학생을 대상으로 독도 수호를 주제로 한 논문 공모도 한다.

나는 독도를 지키기 위해서 가장 중요한 일은 자라나는 청소년들이 독도에 대한 관심을 가지고 해양대국의 꿈을 키우도록 도와주는 것이라고 생각한다.

독도의 진실

이수아(포항 장량초등학교 4학년)

이상하다, 이상해
천살먹은 코끼리 바위도 아는데
끼룩끼룩 괭이갈매기도 아는데
그들은 왜 모를까?
독도가 누구 땅인지

이상하다, 이상해
철썩철썩 파도도 아는데
흐물흐물 오징어도 아는데
그들은 왜 모를까?

독도가 누구 땅인지

이상하다, 이상해
우리 땅이라고 예부터 그랬는데
안용복장군에게 인정했는데
그들은 왜 모를까?
독도가 누구 땅인지

〈안용복재단 주최 제1회 독도사랑 안용복장군 청소년 백일장 대상작〉 시

3-3 무력보다 강한 문화의 힘

아주 어린 세대가 아니라면, 먹어 보지 않았어도 '울릉도 호박엿'은 안다. '울릉도 트위스트'라는 대중가요가 워낙 유명한 덕분이다. 이것이 문화의 힘이다.

한 시대를 풍미한 문화적 흐름의 배후에는 반드시 어떤 사람이 있다. 1960년대말~1970년대 중반 미국이 베트남 전쟁의 수렁에 빠졌을 때, 반전의 흐름을 주도하고 평화의 기운을 일으킨 사람들은 일군의 가수들이었다. 밥 딜런과 존 바에즈 같은 사람들이다. 이들의 무기는 오직 하나, 노래였다. 이들은 한국에도 영향을 끼쳤다. 통기타와 청바지, 장발로 상징되는 청년문화가 형성됐다. 이 흐름의 배후에 김민기, 윤형주, 송창식, 이장희와 같은 가수들이 있었다. 만약 이들 가운데 이장희가 없었다면 상당히 맥이 풀렸을 것이다. 젊은이들은 이장희를 따라 '그건 너' 때문이라고 외쳤다. 유신으로 억눌린 젊은이들은 그 노래를 부르며 자유에 대한 갈증을 달랬다.

이장희 씨가 울릉도 사람이 되었다. 그는 1975년 대마초 사건으로 절정의 시기에 가수 활동을 접고 미국으로 가서 라디오 코리아 사장이 되어 성공적인 사업가로 변신했다. 1988년 흑인 폭동 때 어려움에 처한 한국 교민들을 다독였다. 그의 행보는 미국 대통령의 격려 방문을 이끌 정도로 의미가 컸다. 그런 그가 2004년 한국으로 돌아와 울릉도에 터를 잡았다. 울릉군 평리의 석봉산 아래 분지에 깃들었다. 그는 그곳을 '울릉천국'이라고 명명했다. 그리고 그는 그곳에서 '울릉도는 나의 천국'이라고 노래한다.

세상살이 지치고 힘들어도 / 걱정없네 사랑하는 사람들이 있으니 / 비바람이 내 인생에 휘몰아쳐도 / 걱정없네 울릉도가 내게 있으니……. 그는 그곳에서 대문을 열어두고 찾아오는 사람들과 막걸리를 마시며 이야기하기를 즐긴다. 하지만 그가 그곳에서 자신만을 위한 신선놀음을 하는 것은 아니다. 그는 울릉군 농업기술센터와 공원화사업 협약을 맺고 자신의 공간을 울릉도 주민과 울릉도를 찾는 사람을 위해 내놓았다. 울릉도 산나물을 홍보하고, 지역의 초등학생들을 위해 방과 후 교사로 나서 악기를 가르치기도 한다. 그가 있어 울릉도는 천국에 한 걸음 더 다가섰다.

독도를 지키기 위해 중요한 일 가운데 하나가 울릉도를 진짜 천국으로 만드는 것이다. 그러면 독도는 자연스럽게 천국의 문이 된다.

김장훈의 독도 콘서트는 젊은 세대들에게도 독도가 어떤 의미인지를 각인시켰다. 이영희의 독도 사랑 한복 패션쇼(2011.10.28)가 열리고 난 다음 일본에서는 100만명 관람객 동원을 목표로 '영토에 관한 대전시회'를 열겠다고 공표하며 민감한 반응을 보였다. 만약 일본이 콘서트와 패션쇼를 일회성 퍼포먼스로만 여겼다면 그러한 반응을 보이지 않았을 것이다. 그들은 문화의 힘을 안다. 문화를 통해 한국인이 향유하는 독도는 어떤 물리적 장치보다 강한 힘으로 한국인과 독도를 결속시키리라는 것을 안다. 그런데 울릉도에는 신라 시대 512년부터 2014년까지 1,500여년 동안 예술법인이 하나도 없었다.

2014년 초 ㈜울릉도 아리랑을 발족했다. 울릉도 역사상 최초의 예술법인이다. 육지 같으면 별것 아닌 일이겠지만 울릉도에서는 쉽지 않았다. 우선 경상북도에서 지원을 하려고 해도 지원 제도가 발목을 잡았다. 경상북도 예술진흥기금 규정상 3년 이상 설립된 법인으로서 1년 이상 활동한 법인·단체만 기금 지원이 가능했다. 규정을 바꾸었다. 아니, 조항 하나를 추가했다. "단, 울릉도는 예외로 한다." 나는 당시 경상북도 문화관광체육국장으로서 이 조항을 넣기 위해서 담당자들을 이렇게 설득했다. "이 규정을 고수하는 한 울릉도에는 영원히 예술법인이 설립될 수 없을 것이고, 섬 지역의 문화예술진흥은 불가능할 것이다."

어렵고 긴 말이 필요 없었다.

문화 예술적 접근으로 독도를 우리 삶 속으로 끌어들이는 일은 국제 사회에 독도가 한국 영토라는 걸 인식시키는 데 커다란 역할을 할 것이다. 독도가 우리 땅임을 밝혀 주는 명백한 사료에도 꿈쩍 않는 일본이라 할지라도, 문화 예술과 삶의 향기로 감싸인 독도를 보며 감동하는 세계인의 시선 앞에서는 억지를 쓰기 힘들 것이다. 부활하는 일본의 군국주의도 감히 도발할 엄두를 내지 못할 것이다. 그것이 문화의 힘이다.

참고로 울릉도를 위해 필자는 중앙부처의 법 규정을 추가로 두 가지를 더 개정시킨 바가 있다. 휴양림을 울릉도에 유치하기 위해 산림청 소관의

울릉도에 사는 가수 이장희씨와 함께한 필자.

울릉도 아이들의 작은 음악회.

독도에서 연 이영희 한복 패션쇼의 한 장면.

'산림 문화 휴양에 관한 법률 시행령'을 육지기준 보다 면적조건을 완화한 도서개발촉진법 상의 도서지역은 10만㎡에도 설치될 수 있도록 예외로 하는 것과 환경부 소관의 '먹는 물 관리법 시행규칙'을 울릉도 실정에 맞게 용출수는 암반수 기준의 먹는 물 허가절차와는 달리 완화하는 조항을 관철 시켜 울릉도 생수 허가까지 완료한 바가 있다.

Ⅱ.독도를 지켜온 사람들

지금 세계가 누리고 있는 평화는
두 차례 세계대전이 빚은 참상의 대가다.

우리가 독도를 지켜야 하는 이유는 크게 두 가지다.
하나는 대한민국의 주권과 대한민국 사람들의 행복한 삶을 위해서이다.
다른 하나는 인류의 평화와 정의를 위해서이다.

일본은 제2차 세계대전의 참상과 히로시마의 비극을 망각했다.
끝없이 영토 분쟁을 일으키고 군비를 증강하면서
동북아를 화약고로 만들려 한다.

일본의 독도 영유권 주장은
대한민국의 주권뿐 아니라
인류의 평화와 정의에 대한 도전이다.

1. 독도의 숨비소리

— 강치(바다사자)와 함께 휴일을 즐기던 독도의 해녀들

독도에 사람이 살았던 사실은 대단히 중요하다. 일본의 의도대로 국제 사법재판소에 가는 일은 없을 것이고, 그래서도 안 된다. 만에 하나 그런 일이 생긴다면 '사람이 살면서 독자적인 경제 활동을 했다는 사실'이 섬으로서의 지위뿐만 아니라 우리의 주권이 행사된 결정적 증거가 될 것이다.

독도가 누군가에게 '생계의 근거지'였다는 사실은 독도가 울릉도의 부속 섬이라는 점을 증명한다. 독도에서의 삶은 울릉도라는 모섬이 있었기 때문에 가능했다. 말 그대로 독도가 홀로 섬이라면 지금도 그곳에서 살 엄두를 내지 못한다.

한때 해녀들은 독도에 삶을 의탁했다. '물질' 말고는 생계의 다른 방도가 없었던 그들에게 독도는 생명의 땅이었다. 그들은 오로지 가족과 자신을 위해서 독도에 살았다. 사람이 '먹고 사는' 일은 그 자체로 숭고하다. 그들

에게 독도는 그저 살만한 땅이 아니라, 행복을 가꾸는 땅이었다.

반복적으로 하는 얘기지만, 일본의 독도 영유권 주장의 주된 근거는 샌 프란시스코 강화조약에서 독도를 한국령으로 명시하지 않았다는 것이다. 이에 대한 우리의 반박 논리 중 하나가 독도는 울릉도의 부속 섬이라는 사실이다.

일본으로서는 추호도 의도한 바가 아니겠지만, 일본은 독도가 울릉도 의 부속 섬이었음을 스스로 증명해 보였다. 해녀의 존재가 바로 그것이다. 〈제주 해녀박물관〉의 자료에 의하면, 제주 해녀들이 독도에서 조업을 한 것은 일제강점기 끝 무렵인 1940년부터다. 일본인이 모집한 제주 해녀들이 울릉도를 거쳐 독도로 들어간 것이다. 이들이 채취한 해산물은 전량 일본 으로 유통되었다 한다. 당시 형편으로 울릉도에서 독도를 가려면 10시간 정도가 걸렸다는데, 해녀들의 조업에서 경제성을 확보하려면 최소한 며칠 은 머물러야 했을 것이다. 열악하긴 했어도 먹고 자는 것이 가능했다는 얘기다.

광복 후에도 해녀들의 독도 조업은 계속됐다. 한국인 선주들에 의해 본 격적인 미역 채취가 이루어졌는데, 많게는 40여 명의 해녀들이 조업을 했 다. 이들의 활동은 1956년 울릉수산협동조합에서 독도 미역 채취 독점권 을 갖기 전까지 자유로웠다. 1956년부터는 입찰에 의해 개인이 어장권을 갖게 되면서 기업형으로 미역 채취가 이루어졌다. 독도에서 해녀들의 조업 이 시들해진 것은 1980년대부터다. 1982년 독도가 천연보호구역(제336호)으 로 지정되면서 민간인 출입이 제한되었다. 그래도 1987년까지는 최종덕 씨

제주 해녀들은 2~3개월간 지속된 미역 조업을 위해 서도의 동굴에 생활근거지를 마련했다.

독도에서 해녀 김공자씨가 강치 새끼를 잡고 있는 모습.

의 주도로 해녀들이 조업했고, 제주 해녀 고순자씨는 1991년까지 최종덕씨의 사위 조준기 씨와 1991년까지 독도에서 물질을 했다.

제주 해녀들은 독도의용수비대원들의 활동을 돕기도 했다. 그들의 생업을 보호해 주는 사람들이었으니, 당연히 그렇게 했을 것이다. 중요한 건 그들이 생업의 차원에서 그곳에서 생활했다는 것이다. 적게는 2~3개월 많게는 4~5개월씩 머물렀다는 사실은 대단히 중요하다. 서도의 물골을 찾아낸 것도 해녀들이다. 그 덕분에 의용수비대의 생활도 수월했을 것이다.

제주 해녀들이 남긴 사진은, 요즘 사람들이라면 당연히 품을 법한 어떤 선입견들을 여지없이 허물면서, 통쾌함마저 맛보게 한다. 이를테면, 50년대라면 육지에서의 삶도 말이 아니었는데 독도에서의 삶이라면 오죽했을까? 사는 게 사는 게 아니었을 거야. 간신히 입에 풀칠이나 하면서 그저 목숨이나 부지했겠지, 하는 생각들이 속절없이 무너진다.

사진 속의 해녀들은 단정하고 아름답다. 기품마저 느껴진다. 결코 고달프거나 생활고에 찌든 모습이 아니다. 물론 쉬는 날의 모습이었겠지만 머리 손질에도 한껏 정성이 들었고, 옷매무새도 단아하다. 강치(바다사자)를 안고 찍은 모습은 아주 여유롭다. 유원지로 놀러 온 듯한 모습이다. 아이들도 키웠다. 두세 살쯤으로 보이는 여자 아이들은 전쟁 직후 거리를 떠도는 아이들과 판이하다. 입성도 좋아서 좋은 환경에서 크는 아이들 같다. 해녀들은 스스로를 귀하게 여길 줄 아는 사람들이었다.

제주 해녀들의 독도 생활상을 보면서 나는 확신한다. 독도의 유인도화

는 충분히 가능하다. 일본에 대한 대응 논리를 만들기 위한 억지, 쇼도 아
니다. 아름다운 삶이 가능한 곳이다.

　독도의 제주 해녀들은 한때 목숨을 부지하기 위해 산 것이 아니라, 아름
답게 살았다. 인간적 존엄과 품위를 지키면서. 그들의 모습은, 앞으로 독도
를 지키려면 우리가 어떻게 해야 하는지를 분명하게 보여 준다. 사람이 아
름답게 사는 것, 바로 그것이다.

2. '미역'과 '쌀'을 바꾸던 '독도 장터'에서 죽어간 사람들

— 미군 폭격으로 독도 어장에 수장당한 어부들

〈울릉군지〉의 총론 제6절은 '부속도서'를 개관한다. 독도를 가장 먼저 소개하는데, 연혁을 간단히 도표로 정리해 두었다. 그 첫 번째를 그대로 옮긴다.

"521년. 신라 지증왕 13년 이사부 하(아)슬라주 군주 우산국 정복 신라 영 토로 편입. 『삼국사기』"

우리가 잘 알고 있는 사실이다. 그런데 널리 알려지지 않은 사실에 관한 기록이 가시처럼 박힌다. 1948년 초여름에 일어난 비극이다.

"1948년. 미국 비행기의 독도 폭격으로 울릉주민의 피해가 사망자 16명,

중상자 3명, 발동선 7척, 전마선 14척, 범선 2척 침몰."

〈울릉군지〉의 기록에는 날짜를 적지 않았지만 당시 언론 보도와 생존자들의 증언에 따르면 1948년 6월 8일에 벌어진 사건이다. 〈울릉군지〉에는 나와 있지 않지만 1952년 9월 8일, 9월 22일, 9월 24일에도 미군은 독도를 폭격했다. 다행히 1952년 9월 폭격 때는 인명 피해가 없었으나 당시 한국 산악회의 학술조사단이 독도에 들어가는 상황이었기 때문에 폭격의 의도와 배경에 대해 다양한 의구심을 낳았다.

결론적으로 말해서 이 사건은 정확한 피해 규모, 원인과 배경, 미군의 법적 책임 등 많은 쟁점 가운데 어느 하나도 명쾌하게 가려지지 않은 채 어물쩍 넘어가 버렸다. 이에 대해서는 몇 편의 연구 논문도 나왔는데 '독도 폭격 사건의 국제법적 쟁점 분석'(2003년)이라는 홍성근(발표 당시 한국외국어대학교 법학과 강사. 2015년 현재 동북아역사재단 독도연구소장) 박사의 논문에 사건의 전모와 쟁점이 잘 정리돼 있다.

우리가 이 사건에 관심을 가지지 않을 수 없는 이유는 원칙적으로 진상이 밝혀지고 책임의 소재를 분명히 하는 것이지만, 중요한 한 가지가 더 있다. 일본 정부에서 이 사건을 독도 영유권 주장의 한 근거로 삼는다는 점이다. 남의 비극마저도 자신들의 이익으로 삼는 일본의 잔혹함은 새삼스러울 것도 없지만, 결과적으로 이 사건은 일본의 의도와 달리 독도가 명백한 한국 땅임을 부각시킨다.

나는 연구자가 아니다. 이 글 또한 그날의 사건에 대해 보탤 말이 있어서 쓰는 것이 아니다. 그럴 능력도 없다. 다만 연구자들이나 언론에서 주목하지 않은 사실에서, 독도가 우리에게 어떤 의미인지를 읽어보려 한다.

〈울릉군지〉에는 사망자 16명의 신원을 '울릉주민'이라고 했지만, 홍성근 박사의 논문을 보면 사망자 가운데 울릉주민은 6명뿐이다. 논문은 당시 이 사건을 다룬 〈신천지〉 7월호와 조선일보의 기사를 참고하여 사망자의 신원을 밝혀 놓았는데, 강원도 사람이 10명이다. 강원도 강릉군 묵호읍^{(현}재 강원도 동해시) 주민이 8명이고, 강원도 울진군 평해면 주민이 2명이다. 이것이 말해 주는 진실은 무엇일까. 독도 앞바다는 울릉 주민뿐 아니라 ^{(지금 기}준으로) 경북 울진군과 강원도 동해시의 어부들에게도 앞마당 같은 생활의 터전이었다는 사실이다. 당시 이들은 울릉도를 거치지 않고 곧장 독도를 향해 출항했을 것이다. 당시 생존자 중 한 명인 공두업 씨는 "강원도에서 온 배들이 대다수를 차지했으며, 그 중의 한 척은 미역과 물물교환을 위해 쌀, 술 등을 싣고 온 배였다^(한국외대 독도문제연구소와 푸른울릉독도가꾸기회가 1995년에 녹취한 내용)"고 증언했다. 독도는 울릉도 주민에게는 '쌀'을 구할 수 있는 물물교환의 '장터'였을 정도로 중요한 곳이었고 살가운 곳이었다.

1948년 독도 폭격 사건과 관련하여 1948년 6월 19일 조선일보에 인용된, 1948년 6월 19일자 뉴욕 타임즈 사설은 울릉도 주민에게 독도가 어떤 의미인지를 정확히 짚어낸다.

뉴욕 타임즈는 "울릉도 주민들이 수세기 전부터 조상 대대로 물려받으며 생활의 터전으로 삼아온 독도"였다고 썼다.

울릉도 학포에서 본 동해안. 울릉도와 육지 최단거리는 130.3km(사진:김철환).

폭격 피해 기록에서 나는 또 하나 중요한 것을 발견했다. 침몰된 배 가운데 '범선'이 두 척이었다는 사실이다. 범선이라 하면 '돛단배'다. 무동력선인 돛단배가 조업에 나섰다는 것은 독도가 동해 연안의 어민들에게 얼마나 가까운 존재였는지를 알게 한다. 여기서 나는 돛단배를 타고 1948년이라는 시간을 훌쩍 건너는 역사적 상상을 해본다.

1948년의 돛단배는, 선박이나 항해술의 역사에서 512년 이사부가 우산국을 정벌하러 나설 때의 선박과 기술적으로 큰 차이가 없었을 것이다. 어쩌면 이사부가 탔던 배가 훨씬 큰 규모였을지도 모른다. 삼국시대에도 이미 독도는 신라인들에게 익숙한 곳이었으리라는 가정은 별 무리가 없을 듯하다. 우리 역사 기록의 최초인 512년보다 훨씬 먼 때부터 독도는 우리 땅이었다.

1948년 6월의 독도 폭격 사건은 아직도 미제로 남아 있다. 사망자 수도 정확하게 밝혀지지 않았다. 하지만 그날의 진실이 우리에게 전하는 바는 명백하다. 독도는 오랜 옛적부터 울릉도와 동해 연안의 어민들에게 평화롭고 풍성한 삶의 터전이었다. 가슴 아린 일이지만, 그날 그곳에 있던 수십 명의 어민들은 죽음으로써 그것을 증명했다.

독도 주변에서 건진 폭탄 등 일부 관련 자료가 현재 푸른울릉독도가꾸기회(구, 푸른독도가꾸기모임) 사무실과 독도박물관에 전시되어 있다.

독도는 울릉도 사람들이 1,500여 년 동안 지켜왔고 지켜나가야 한다.

푸른 울릉독도가꾸기회 사무실에 보존해 놓은 미군 폭탄들, 독도에서 수거.

3. 최초의 독도어장 CEO, 최종덕
— 최종덕 씨가 독도에서 추구한 건 '행복'이었다

'프레임 이론'이라는 것이 있다. 여기서 프레임이란, 세상을 보는 마음의 틀, 혹은 어떤 관점을 말한다. 프레임 이론의 창시자 조지 레이코프 캘리포니아대 교수는 "프레임이란 우리가 세상을 바라보는 방식을 형성하는 정신적 구조물"이라 정의했다.

고정관념도 일종의 프레임이라고 할 수 있다. '여론 조작'이 가능한 것도, 여론을 조작하고 싶은 쪽에서 던져 놓은 프레임에 걸려드는 사람들이 많기 때문이다.

독도를 지켜온 사람들을 얘기하는 자리에서 엉뚱한 말을 꺼낸 것 같지만 이유가 있다. 혹시라도 오해가 생길까 봐 미리 호흡을 가다듬는 것이다.

독도 최초의 주민, 최종덕.

서도 집 앞에서 물놀이하는 손자, 손녀를 돌보고 있는 조갑순(최종덕의 부인).

독도 수호를 말하면서 우리는 너무 쉽게 '애국'이라는 프레임에 갇힌다. 애국이 나쁜 것도 아니고, 독도 수호를 위한 어떤 행동도 애국적인 것임이 분명하다. 옳고, 바르고, 선한 모든 보편적 행동은 애국적일 수 있다. 하지만 모든 '애국적' 행위가 보편적 선은 아니다. 가령 일부 일본의 극우 세력이 특공대를 조직하여 독도로 쳐들어온다고 할 때, 일본의 입장에는 그들의 행위를 애국이라고 말할 것이다. 하지만 우리가 봤을 때는 아니다. 보편적 선, 정의에 부합하지 않기 때문이다.

우리가 일본 극우 세력의 행동을 당당하게 나쁘다고 말할 수 있는 이유는, 아메리카 사람이 봐도 나쁘고 아프리카 사람이 봐도 나쁘기 때문이다. 우리가 세계인들에게 '독도는 우리 땅'이라고 설득할 때도 이점을 놓쳐선 안 된다. 우리는 일본의 억지 주장에 대응할 때에도 그들이 쳐 놓은 사고의 틀에서 벗어나 더 큰 관점에서 반박해야 한다. 단순한 맞대응은 제3자에게 양시론이라는 프레임을 제공하는 꼴이 될 수 있다. 국가 간 힘의 차이가 작용하는 국제법은 더욱 그렇다. 강대국의 입장이 유리하게 작용하는 일종의 프레임이다. 따라서 우리는 '국제법'을 포괄하고도 남는 큰 틀을 가져야 한다.

독도 수호의 관점을 확보할 때 '애국'이라는 프레임은 편하다. 하지만 잃는 것도 생긴다. 안용복을 말할 때도 '위인전 읽기' 식의 '영웅' 프레임에서 벗어나야 한다. 역사에 기록되지 않은 '생활사'의 소중한 가치가 사라져 버리기 때문이다.

이제 최종덕 씨 얘기로 들어가자. 그를 말할 때 '애국'의 관점에서 벗어나야 한다. 결과적으로 그의 삶은 충분히 애국적이었고 영웅적이었다. 하지만 그가 영웅적일 수 있었던 건, 바르고 진취적인 사람이었기 때문이다. 무엇보다는 그는 좋은 '어부'였다.

최종덕 씨가 독도로 간 건 독도를 지키기 위해서가 아니었다. 일본이 노골적으로 독도 침탈 야욕을 드러낼 때도 아니었으니, 그런 의식 자체가 끼어들 여지가 없다고 보는 것이 옳겠다.

벤처 어부 최종덕

"無人" 獨島 첫 住民(1977년 10월 25일자 조선일보 기사 제목), 獨島 『로빈슨·크루소』(1983년 7월 30일 중앙일보 기사 제목). "무인고도(無人孤島)이던 우리나라 최동단의 영토 독도에 주민이 정착했음이 밝혀졌다." 조선일보 기사의 첫 문장이다. 중앙일보 기사의 시작도 이와 크게 다르지 않다. "우리나라 최동단 외로운 두 조각 섬 독도. 1953년 독도 의용수비대 창설 후 지금껏 수만 마리 갈매기와 00명의 경찰수비대원만이 상주하던 이곳에 최근 단 한명의 민간인이 상주, 거주인으로 주민등록을 옮겼다." 두 기사의 작은 차이점은 기사를 쓴 시점이 다르기 때문이다. 조선일보 기사는 최종덕 씨가 독도에 정착해 살고 있다는 것이 중앙 일간지의 기자에게까지 알려진 때 작성된 것이고, 중앙일보 기사는 주민등록지를 옮긴 다음에 나온 것이다. 최종덕 씨가 주민등록상 주소지를 독도로 옮긴 날은 1981년 10월 14일이다.

주민등록상이든 사실상 정착민으로서든 최종덕 씨의 거주에 '최초성'을 부여하는 것은 그 근거가 박약하다. 독도의용수비대가 1954년부터 독도에 상주한 것은 '생계' 목적이 아니었으므로 주거가 아니었다고 치자. 하지만

그 이전에도 해녀들이 일 년에 3~4개월씩 머물러 살았다. 이들이 물골도 발견하는 등 생계의 터전을 닦았기 때문에 독도의용수비대도 쉽게 상주할 수 있었고 이후 최종덕 씨의 정착으로 이어졌다고 봐야 한다.

사실상 최종덕 씨가 독도에서 살기 시작한 것은 1965년부터이고 제대로 된 집을 짓기 시작한 건 1968년이다. 이후로도 그는 어부로서 생계를 위해 독도에 살았다. 군이 1981년 10월 14일에 주민등록상 주소지를 옮긴 것은, 1980년부터 일본의 독도 영유권 주장이 노골화되자 무인도가 아닌 유인도임을 알리기 위해서였다. 사실 그 이전까지는 국민 누구나 그렇듯이 제 땅에서 살 자유를 누렸을 뿐, 특별한 국토관을 가지고 일본의 야욕을 의식

하면서 산 것은 아니다.

독도 주민 최종덕 씨의 생애는, 애국의 관점이 아니라 삶의 관점에서 봐야 한다. 지나치게 '최초성'을 강조하고 그 최초의 기준을 주민등록에 둔다면 작위성이 문제될 수 있다. 오랜 옛날부터 독도는 동해 연안 어민들에게 목숨 줄과 같은 어장이었고, 조업 행위로서 해녀들이 '물질'을 하면서 살던 곳을 최종덕 씨가 이어받았던, 그 맥락이 더 중요하다. 그것을 놓치면 최종덕 이전의 독도는 무인도였다는 것을 강조하는 꼴이 되고 만다.

최종덕 씨의 비범성은 '독도'에 살았던 점이 아니고 독도에서 왜, 어떻게 살았는가 하는 데 맞춰져야 한다. 그가 독도를 생계의 터전으로 삼은 것은 어부로서 잘 살기 위해서였다. 은둔을 위해서도, 유별난 삶을 위해서도 아니었다. 최종덕 씨 이전에 독도에 정주한 사람이 없었던 건, 살 수 없어서가 아니라 굳이 머물러 살 이유가 없었기 때문으로 봐야 한다. 언제라도 가서 고기를 잡으면 됐고, 미역 철이면 몇 달간 해녀들이 머물며 미역을 땄다. 그것이 더 유리한 어로 방식이었다. 하지만 최종덕 씨는 달랐다. 그는 1965년 울릉군 도동 어촌계로부터 입찰을 통해 독도 공동어장 채취권을 샀다. 나름대로 독도 어장을 '블루 오션'으로 본 것이다. 그는 이곳에서 동력선 1척, 무동력선 2척을 소유한 선주로서 사공과 해녀를 고용하고 어로 활동을 했다. 그는 'CEO'였다. 로빈슨 크루소가 아니었다. 그는 관행어업에만 머물지 않았다. 안정적인 생계 기반을 위해 전복 양식도 했다. 나는 그를 독도 어장 최초의 '벤처 어부'라 부르고 싶다.

최종덕 씨의 독도어장 경영은 1965년부터 1987년 갑작스럽게 뇌출혈로

1970년대 서도집(당시 함석으로 지은 모습).

1970년대~당시 독도의 유일한 생명수 물골.

사망할 때까지 22년 동안 지속되었다. 그는 성공적으로 독도 어장을 경영했다. 만약 그렇지 않았더라면 해병대 부사관 출신으로 울릉도에서 근무한 것이 인연이 되어 자신의 딸과 결혼하여 일가를 이루어 울릉도에서 살고 있는 사위를 독도로 끌어들이지 않았을 것이다. 딸의 가족은 1987년 7월 8일에 독도에 주소를 옮겼다.

최종덕 씨의 삶을 그리는 언론이, 주목도를 높이기 위해 혹은 애국의 프레임으로 지나치게 영웅적으로 묘사하면서, 그 이전의 독도가 무인도일 뿐 아니라 도저히 사람이 살 수 없는 곳으로 과장된 측면이 있다.

최종덕 씨의 삶은 자발적 의지에 의한 선택이었고, 자연스러운 행복 추구였다. 그는 좋은 어부로, 믿을 만한 선주로, 자상한 아버지로 살았다. 그래서 그의 삶은 애국적이고 영웅적이다.

4. 김성도 씨의 외손자 '환'이가 밝혀 준 독도의 미래
— 김성도 씨는 로빈슨 크루소가 아니다

독도 주민사의 흐름

김성도라는 이름만으로는 그가 누군지 모르는 사람들이 많지만, '독도에 사는 사람'이라는 설명을 붙이면 금방 알아듣는다. 그렇다. 현재 독도를 생활 근거지로 삼은 주민은 김성도 씨와 부인 김신열 씨다.

김성도 씨의 삶을 이해하기 위해서는 다시 최종덕 씨를 거론하지 않을 수 없다. 김성도 씨가 독도에 살게 된 것은 최종덕 씨와의 인연에서 비롯되었다. 김성도 씨는 1960년대 말부터 최종덕 씨가 소유한 배의 선원으로서 해녀들의 물질을 돕는 등 뱃일을 도맡았다. 이때 제주도 해녀 출신인 김신열 씨를 만나 결혼했고, 결혼 후에도 최종덕 씨와 함께 10여 년 동안 뱃일을 했다.

김성도 씨는 최종덕 씨와 함께 독도에 살 때까지만 해도 평생 독도에 살게 되리라고는 생각하지 않았다. 그는 독도로 주민등록을 옮기라는 최종덕 씨의 권유를 쉽게 받아들이지 못했다. 하지만 그때도 그는 실질적인 독도 사람이었다. 독도의 생명수인 물골과 주택을 연결하는 998 계단 공사도 최종덕 씨와 함께 했다. 이때 부인 김신열 씨는 바다에서 모래를 퍼 올리며 계단 공사를 도왔다.

김성도 씨가 독도로 주민등록을 옮긴 건 최종덕 씨가 사망한 후인 1991년이다. 사실 이때까지도 김성도 씨에게는 '독도 지킴이'로서의 상징적인 이미지가 덧씌워지지 않았다. 이 무렵 독도에는 김성도 씨 말고도 주민이 있었다. 최종찬(1991. 6. 21~1993. 6. 7), 김병권(1993. 1. 6~1994. 11. 7), 황성운(1993. 1.

국민성금으로 만들어진 '독도호'를 타고 어로 활동을 하고 있는 김성도.

85

7~1994. 12. 26), 전상보(1994. 10. 4~1994. 12. 8) 등이 그들이다. 별것 아닌 것 같지만 이들의 존재는 중요하다. 독도가 실질적인 하나의 마을이었다는 증거이기 때문이다.

독도를 실질적인 유인도로 만들기 위해서 10가구 정도의 '독도마을'을 얘기하면 허무맹랑한 소리로 듣는 사람들이 있다. 우선 문화재청부터 펄쩍 뛴다. 천연기념물 보호가 이유다. 환경부에서도 '특정도서 1호'라서 반대한다. 훼손이 문제라면 이미 충분히 훼손됐다. 계단, 주택, 독도경비대 숙소, 헬기장, 기름 탱크 등 모든 것이 훼손의 결과다. 그런데 무엇을 위한 훼손인가. 사람이 살기 위한 것이다. 이것마저도 훼손의 시각에서만 본다면 모든 인간 활동의 자연에 대한 약탈이고, 모든 결과물은 훼손의 흔적이다. 고대 문명의 유적지도 마찬가지다. 각설하고, 독도의 특수성을 인정하여 예외를 적용하자는 얘기가 아니다. 지금 독도에는 '갈매기', '왕해국', '흑비둘기'(천연기념물 215호), '매'(천연기념물 323-7호), '바다제비', '사철나무'(천연기념물 538호) 등 총 13종의 천연기념물 모두 잘 살고 있다.

독도마을을 만들자는 것은 만화적 발상이 아니다. 일본에 보여주기 위한 억지는 더욱 아니다. 독도는 정부의 특별한 도움 없이, 누구의 간섭도 없이 마을을 이루고 살았던 곳이다.

최종덕 씨가 산 독도가 '생활의 현장'이었다면, 김성도 씨에게 독도는 '역사의 현장'이 되었다. 김성도 씨의 삶에 역사성이 끼어 든 것은 비교적 최근의 일이다. 굳이 시점을 따지자면 2005년 일본 시마네현이 느닷없이 '독도의 날' 조례를 제정하자 경상북도에서 '독도수호대책본부'를 꾸리고, 울

경상북도 독도수호대책본부 발족(2008.7.17).

경상북도 독도수호대책본부 발족 후 언론 브리핑하는 필자.

이명박 독도방문시. 김성도 손주들과.

독도 김성도씨 집안에서-김성도씨 부부와 손주들(김환, 김찬후).

릉군에서도 '독도관리사무소'를 설치하는 등 정부 차원에서 독도를 관리하기 시작하면서부터다. 이때부터 독도가 국민적 관심을 집중적으로 받게 되고, 김성도 씨의 존재가 또 다른 형태의 '로빈슨 크루소'로 비춰지면서 독도의 과거 생활사가 지워지고 왜곡된 것이다. 독도마을 만들기는 '삶의 현장'으로서 독도를 되살리자는 것이다.

현재 김성도 씨는 어부로 살지 않는다. 고령(2015년 현재, 76세)이기 때문에 현실적으로 불가능하다. 그래서 독도마을 만들기가 시급한 과제이고 김성도 씨 이후의 독도가 중요하다.

아이들의 웃음소리로 독도를 지키자

2007년 8월 7일. 독도에서 한 아이를 만났다. 그 아이를 통해서 나는 희망을 보았다.

안용복의 유배 310주년을 기해서 동도에서 추모제를 지낸 다음 서도의 김성도 씨 댁으로 안부 인사차 들렀다. 그때 나는 한 아이가 방에서 뒹굴며 노는 모습을 보고 깜짝 놀랐다. 아이는 김성도 씨의 외손자였다. 이름은 김환, 당시 초등학교 1학년이었다.

방학 때 독도에 있는 외갓집으로 놀러온 아이. 아이는 한 달 가까이 외할머니 외할아버지랑 물고기도 잡고, 집안 일 심부름도 하면서 생활하고 있었

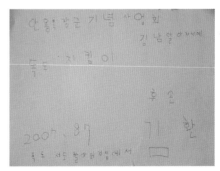

김환, 필자에게 적어준 글(2007.8.7).

환이와 필자.

다. 그 아이를 보면서 수천만 번은 불렀을 '독도는 우리 땅'이라는 노래, 수 없이 열린 학술 세미나, 몇 십권의 두꺼운 책을 읽었을 때보다 더 '독도는 우리 땅'이라는 것을 실감했다.

아이들이 노는 독도. 바로 이것이라는 생각이 들었다. 독도를 지키기 위해서는 정치, 외교, 군사적 노력도 반드시 필요하지만, 그보다 더 중요한 것은 사람들이 행복하게 사는 곳에서 아이들이 다양한 해양 체험 활동을 하는 공간으로 만드는 것이다.

2008년 7월 14일 일본의 중학교 교과서 왜곡 사건 후 '독도체험장' 설치를 계획하고 예산까지 확보했으나 정부에서 허가를 하지 않아 무산되고 말았다. 하지만 나는 아직도 그 꿈을 접지 않았다. 방학 때 아이들이 와서 수영과 다이빙도 배우고, 다양한 해양 체험을 할 수 있는 독도. 이보다 더 아름다운 독도 지키기는 없을 것이다. 그래서 독도마을 만들기가 중요하다. 나중에라도 환이가 외할아버지의 삶을 이어받을 수 있으면 좋겠지만 그건 그 아이의 자발적 선택에 맡길 일이다. 김성도 씨 이후의 독도를 어떻게 할 것인가. 독도마을이 그 대안이다.

독도마을 조성을 위해서 정부가 작위적인 노력을 할 필요는 없다고 본다. 최소한의 정주 기반 시설은 이미 돼 있으므로 경상북도와 울릉군에서 합리적으로 지원만 하면 자족적인 삶이 가능하다. 예컨대 독도마을에서 나온 미역으로 아이들의 돌상만 차려도 독도산 미역은 명품이 될 것이다.

어려운 일일수록 길게 보고, 쉽게 힘을 빼고 가야 한다. 독도에서 아이들을 놀게 하자.

이 기회에 독도마을 조성까지는 아니더라도 영토와 영해 수호를 위해 반드시 필요한 독도입도지원센터와 방파제 건설에 대해 부정적인 문화재청과 환경부의 시각이 지나치게 경직되었다는 점을 지적하고자 한다(외교부는 아예 적극 반대 입장).

문화재청에서는 '천연보호구역', 환경부에서는 '특정도서'라는 이유로 난색을 표한다. 환경보호가 그 이유다. 당연히 환경보호는 중요하다. 원칙적으로 이에 동의하지 않는 대한민국 국민은 한 사람도 없을 것이다. 그런데 문제는 '영토 수호의 가치'와 '환경보호의 가치'가 충돌한다는 점이다. 일단 두 가치의 양립 가능성은 없는가, 하는 문제는 논외로 하자. 만약 문화재청이나 환경부의 입장이 '환경보호'에 손을 드는 것이라면 그것은 '심층생태론(Deep Ecology)'과 같은 입장이다. 다들 알다시피 '심층생태론'은 인간중

독도 국기게양대 설치(경상북도기와 울릉군기 같이 게양).

문화재청 반대로 국기만 게양(경상북도기와 울릉군기 철거).

심주의에 대한 반성에서 출발하는데, 그 실천의 핵심은 모든 생명체가 평등한 '생명중심주의적 평등'의 실현과 '인구 감소'다. 정부 부처에서 취할 수 있는 입장은 아니다. 정녕 그것이라면 논의의 장을 철학·사상의 영역으로 옮겨야 한다.

다음으로 지적하고 싶은 점은 독도의 현실과 독도를 '특정도서'로 지정한 근거인 〈독도 등 도서지역의 생태계 보전에 관한 특별법〉이 배치된다는 사실이다. 이 법의 제2조 1항은 '특정도서'를 이렇게 정의한다.

"'특정도서'란 사람이 거주하지 아니하거나 극히 제한된 지역에만 거주하는 섬(이하 '무인도서' 등이라 한다)으로서 자연생태계·지형·지질·자연환경(이하 '자연생태계 등이라 한다)이 우수한 독도 등 환경부장관이 지정하여 고시하는 도서를 말한다."

이 정의대로라면 독도는 '무인도'다. 추호라도 그런 의도가 없었겠지만, 독도를 '무주지'라고 하는 일본의 주장에 편을 드는 꼴이다. 지금 우리는 '김성도 씨 부부'의 존재를 통해서라도 독도가 유인도임을 입증하기 위해 온갖 노력을 한다. 우리 정부 스스로 우리 정부의 노력에 모순을 일으키는 일은 해서는 곤란하다. 조속히 법을 개정하거나 독도의 '특정도서' 지정을 해제하여야 할 것이다.

마지막으로 언급하고 싶은 것은 일본의 '독도 침탈 야욕'이야말로 '반환경'적이라는 것이다. 일본의 독도 영유권 주장은 과거 그들이 일으킨 침략전쟁을 정당화하는 것이나 다름없을진대, 전쟁만큼 환경을 파괴하는 일은 없기 때문이다. 일본의 독도 영유권 주장 자체가 생태주의에 반한다. 환경보호가 지고 지선의 가치라 할지라도 일본의 독도 침탈 야욕 앞에서까지 무조건 옹호될 수 없다는 것이 내 생각이다. 생태주의에서 '인간중심주의'의 폐단을 모르는 바 아니지만, 최소한의 인륜마저도 외면하는 일본에 대해서만큼은 난 철저한 인간중심주의자가 되겠다.

5. 안용복, 대양의 인도자로 부활하다
— 영토 개념으로 바다를 본 최초의 조선인

"독도를 빼앗기면 대마도가 하나 더 생긴다"

"생각건대, 안용복은 영웅호걸이다. 미천한 일개 군졸로서 만 번 죽음을 무릅쓰고 국가를 위해 강적과 맞서 간사한 마음을 꺾어 여러 대를 끌어온 분쟁을 그치게 하고, 한 고을의 토지를 회복하였으니 부개자(傅介子) 진탕(陳湯)에 비하여 그 일이 더욱 어려울 것이니, 영특한 자가 아니면 할 수 없는 일이다. 그런데 조정에서는 상을 주지 않았을 뿐 아니라, 앞서는 형벌을 내렸고 나중에는 귀양을 보냈다. 참으로 애통한 일이다.

울릉도는 척박하다. 그러나 대마도는 한 조각의 농토도 없는 왜인의 소굴로 역대로 우환거리인즉, 울릉도를 빼앗긴다면 이는 대마도가 하나 더 생겨나는 격이니 앞으로 올 앙화를 이루 말하겠는가?

이로써 논하건대, 안용복은 한 세대의 공적을 세운 것뿐이 아니었다. 고

금에 장순왕(張循王)의 화원노졸(花園老卒)을 호걸이라고 칭송하나, 그가 이룬 일은 대상거부에 지나지 않았으며 국가의 큰 계책에는 도움이 되지 않았다. 안용복과 같은 사람을 국가가 위급한 때에 항오에서 발탁하여 장수급으로 등용하고 그 뜻을 행하게 했다면 그 이룩한 바가 어찌 이에 그쳤겠는가."

이익(1681~1763)은 〈성호사설〉에서 위와 같이 안용복을 평가했다. 나는 안용복에 관한 고금의 모든 평가 가운데 성호 이익의 생각이 가장 온당하다고 여긴다. 만약 이 글이 일본의 독도 침탈 야욕을 노골화한 2005년 이후에 쓴 글이라면 과장이라고 생각할 수도 있겠다. 이익은 안용복보다 후대의 사람이다. 성호사설이 편찬된 때는 영조 대로 숙종 대의 안용복 사건을 냉정하게 바라볼 정도의 시간이 흐른 다음이다. 더욱이 당시는 신분 제도가 꼿꼿한 때였다. 노비의 신분(학설에 이견 있음)으로 전선(戰船)의 노군에 불과했던 사람에게 이렇게 말했다는 것은 당대의 주류 사회도 그렇게 인정할 수밖에 없었다는 것을 의미한다. 물론 이익이 실학자였다는 점에서 안용복에 대한 평가가 후했을 수도 있지만, 성호사설의 글은 단순히 안용복에 대한 평가에 머무르는 것이 아니다. 나는 그 점 또한 주목해야 한다고 본다.

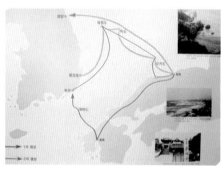

독도박물관 내에 전시되어 있는 안용복 장군의 도일 행로도.

성호사설에서 이익은 안용복의 인물됨만 언급한 것이 아니다. "울릉도를 빼앗긴다면 이는 대마도가 하나 더 생겨나는 격이니 앞으로 올 앙화를 이루 말하겠는가?"는 대목은 사태의 본질을 정확하게 짚어낸다. 만약 이런 문제의식 없이 단순히 안용복을 영웅호걸로만 칭송했다면 과찬이 아니냐는 비판으로부터 자유롭지 못할 것이다. 이익은 한 걸음 더 나아간다. "안용복은 한 세대의 공적을 세운 것뿐이 아니었다"고 한 대목을 보면 마치 현 상황을 정확히 예측한 것으로 보일 정도다.

안용복을 중국 한나라 때 서역에서 활동하며 공을 세운 부개자나 진탕, 장순왕의 군사 가운데 비범한 인물보다도 더 높이 평가하며 장수급으로 등용하지 못한 것을 애석해 한다. 이는 두 가지를 노린 표현으로 봐야 한다. 안용복을 칭송하는 한편 고위 관료와 장수들의 무능을 질타한 것이다.

안용복을 장군으로 호칭하는 것에 대해서 '영웅화'를 우려하는 일부 시선도 있다. 사실로 보자면 그렇다. 일본 쪽 자료의 호패 기록으로 보면, 그는 사노비였고 경상좌수영에서 노를 젓는 승로군이었다. 장군이라는 칭호는 광복 후 1954년 부산의 대동문교회(大東文教會)에서 독전왕 안용복 장군(獨戰王 安龍福 將軍)으로 추존식을 거행한 계기로 붙여지게 되었지만 널리 알려진 건 아니었다.

고 박정희 대통령 휘호
이 글씨는 안용복 장군의 국토수호의 빛나는 업적을 기리기 위하여 고 박정희 대통령이 1967년 1월 18일 부산 안용복기념사업회에 써 준 것임.

부산 수영공원에 있는 수강사(안용복 사당) 앞의 안용복 장군 동상에서.

부산 안용복기념사업회 주관 안용복 제를 지내고.

안용복을 널리 알린 건 일본이다. 2005년 시마네현에서 '다케시마의 날' 조례를 제정하고 '독도 침탈 야욕'을 노골화하면서 안용복이 구국의 영웅으로 부활한 것이다. 실로 그는 영웅이었다. 일개 어부의 신분으로 에도 막부로부터 '울릉도와 독도는 조선 땅'이라는 서계를 받아냄으로써, 임진왜란이 끝난 지 100년이 안된 시점에서 울릉도와 독도는 우리 땅임을 일본 정부가 공식적으로 인정한 사실을 결정적으로 증명해 주었다.

일본의 독도 침탈 간계를 꺾기 위해서는 독도가 예로부터 지금까지 우리 땅이었음을 증명하는 문헌 고증이 대단히 중요하다. 하지만 거기에 매몰되어서도 안 된다. 사실 문헌 자료는 충분 이상이라 할 수 있을 정도다. 그래서 실효적 지배라는 현 상황이 중요하다. 안용복의 업적은 실질적인 영토로서 해양에 대한 주권을 지켰다는 점에 초점이 맞추어져야 한다. 안용복 사건 이후 조선 정부는 울릉도와 독도에 대한 정책을 '수토(搜討)'로 전환했다. 우리 땅으로 천명하고 지도에 표기하는 데 그친 게 아니라 돌보고 가꾸어야 할 땅으로 본 것이다. 이것이 실질적 지배다. 독도의 실질적인 유인도화를 서둘러야 하는 이유도 이런 맥락에서다.

독도 수호, 조상들의 전략에서 배운다

안용복이 우리에게 남긴 진정한 유산은 '해양 주권'에 대한 인식이다. 그리고 그것을 행사하기 위해서 주변국과의 외교를 어떻게 해야 하는가에 대해서는 조선시대에도 진지한 고민을 했었다.

2011년 11월 14일 대구지방변호사회 독도특별위원회는 경북 의성의 선비

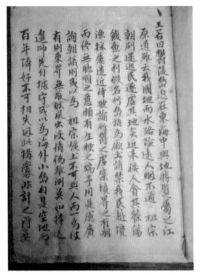
신덕함 문집 중 책문.

였던 신덕함(1656~1730)이 남긴 문집에 안용복 사건 즉 '울릉도 쟁계(울릉도에서 발생한 조선과 일본의 영토 분쟁)'에 관한 대책을 묻는 과거시험 문제와 그 답안을 발견했다고 공개했다. 우선, 울릉도 군사 배치와 조선과 일본의 관계를 고려한 일본인의 왕래 허락이라는 조정 대신들의 두 가지 의견을 제시한 후 응시자의 대책 방안을 물었는데, 문집을 남긴 신덕함은 '심세득인(審勢得人)'의 방법론을 제시했다. "국내에서 대책 담당자를 잘 선정하고 덕을 통해 일본 내에서 양심 세력을 얻어 문제를 해결하자"는 것이다. 사실 지금으로서도 이것이 가장 좋은 외교 방법이다.

독도 수호에서 외교의 중요성은 현재의 독도 문제가 '한·일 양국'의 문제만이 아니라는 데 있다. 알다시피 독도 문제는 샌프란시스코 강화조약에서 미국의 이중적인 태도로 독도가 우리 영토에 포함된다는 사실이 명시되지 않은 데서 출발한다. 결국 '한·미·일' 문제의 성격을 띠게 될 수밖에 없다. 그렇다면 미국을 우리에게 유리한 쪽으로 움직여야 하는데, 세계인의 여론을 움직이는 것보다 좋은 방법은 없다. 나는 그것을 위해 독도마을을 만들자고 주장한다. 독도에 우리나라 사람들이 아름답게 사는 모습

안용복기념관 기공식(2011.4.8.)

제1회 안용복 예술제(2010.10.22~25).

으로 세계인을 감동시키는 것보다 더 좋은 외교가 있을까? 안용복이 목숨을 걸고 지키고자 한 울릉도·독도의 모습도 그것이 아닐까?

독도 수호의 현장에 있으면서 가장 듣기 거북한 소리가 '실효적 지배'라는 말이다. 우리 땅에서 우리가 사는 데 도대체 이게 무슨 소리인가. 이 경우의 '~적'은 완전한 지배 상태가 아니라는 의미를 내포한다. 나는 하루 빨리 실효'적'은 물론 실효라는 단어를 붙일 필요가 없는 우리 땅 독도가 되기를 희망한다. 유인도화가 그 길이다.

2013년 10월 18일 울릉군 북면에 '안용복 기념관'을 열었다. 안용복의 활동상을 담은 전시 공간이지만, 동해 수호의 과거와 현재를 살피고 미래를 전망하게 하는 공간이다. 최초의 계획에는 안용복 기념관 야외를 '독도 수호 메모리얼 광장'으로 만들고 안용복 기념상 외에 이사부, 독도의용수비대, 최종덕 씨 등을 기리는 기념비도 세우기로 했지만 아쉽게도 빠졌다. 앞으로 야외 공간을 '인물 독도 수호사'라는 스토리가 흐르는 공간으로 만들고 싶은 마음은 변함없다. 어떻게든 계속 추진해 볼 생각이다.

안용복 기념관은 나에게 독도수호대책본부장으로 보낸 지난 모든 시간이 투영된 곳이다. 잠시 지난 시간을 되짚어 본다.

안용복의 부활을 꿈꾸며

2008년 7월 29일 한승수 국무총리가 정종환 국토해양부장관, 유인촌 문화체육관광부장관 등과 함께 헬기를 타고 오전 11시경 독도에 도착했다. 나는 김관용 경상북도 지사, 정윤열 울릉군수와 함께 미리 들어가 있다가

총리 일행에게 독도수호대책에 대해 브리핑을 했다.

울릉도로 이동한 후 나는 총리와 국토해양부장관에게 "서해안에는 장보고 대사, 남해안에는 이순신 장군이 있다. 전남 완도에 장보고기념관, 충남 아산에 이순신기념관이 있는데, 동해와 독도를 지킨 안용복 기념관이 울릉도에 없다"고 말하며 그 필요성을 주장했다. 그리고 관철시켰다(부산에 대마도를 정벌한 이종무기념관을 마지막으로 세우는 꿈을 꾸고 있다). 나는 안용복이 동해와 독도를 지킨 대표적인 해양 개척자로서 기념관이 필요하다고 오래 전부터 주장해 왔고, anyongbok.com 도메인도 선점했다(당시 안용복재단에 기증, 지금은 독도재단으로 개칭됨).

나는 2005년 시마네현이 떠들 때까지 안용복이라는 사람에 대해 잘 알지 못했다. 2005년 3월 16일 소위 다케시마의 날 조례에 대비하여 독도관련 자료도 수집하고 독도수호 대책을 마련하면서 이순신처럼 뛰어난 해양 인물이 있다는 사실을 알았다. 이후 대학 전문 연구소의 체계적 연구 필요성을 설득해 대구한의대의 변정환 총장의 도움으로 2007년 2월 21일 안용복연구소(국내 최초)를 만들었다. 〈내가 사랑한 안용복 장군〉이라는 책자도 발간하고, 안용복이 유배간 지 310여 년만인 2007년 8월 7일(정해년 음력 6월 25일 진시)에 독도에서 처음으로 추모제도 지냈다. 그해 7월 국제수로기구 해저지명소위원회에 해저 지명 중 안용복해산이 등재되고, 2011년에는 독도 서도에 '안용복길'이라는 새 주소가 부여됐다. 다만 그 해 여름 진수한 한국형 이지스 구축함(KDX-III) 제1번함이 '안용복함'으로 명명될 예정이었으나 '세종함'으로 바뀐 점은 아쉬운 대목이다(독도 동도에는 '이사부길', 새주소 부여, 최근 건조에 착수한 5,000톤급 한국해양과학기술원 대형 해양과학조사선 '이사부호'로 명명됨).

안용복이 부활했다. 이제 우리가 안용복과 함께 가야 할 길은 대양이다. 우리가 정녕 살려내야 할 것은 안용복의 해양 주권의식과 도전의식 그리고 개척정신이다. 안용복이 그 길을 인도할 것이다.

평소에 나는 어디서든 안용복 장군이라고 호칭한다. 그런데 이 글을 쓰면서는 그렇게 하지 않았

독도평화호 모니터에 보이는 바다속 해산들-안용복해산도 보인다.

대구한의대 안용복연구소 개소식(2007.2.21).

결국 독도 서도에 안용복길을 만들었다.

다. 초대 독도수호대책본부장 책임을 맡았던 사람으로서 행여 일본에서 사실이 아닌 호칭까지 썼다는 식의 빌미를 줄까 봐 염려가 되어서 그렇게 했다. 한 개인으로서 나에게 안용복은 '장군'이다.

〈안용복 '장군' 칭호에 대하여〉

기록상 안용복 장군이라는 칭호의 최초는 1954년 부산의 대동문교회(大東文教會)에서 독전왕 안용복 장군(獨戰王 安龍福 將軍) 추존식을 거행하면서부터다. 그 후 '(사)안용복 장군 기념사업회(1957년 발족)'에서 10년 간의 노력 끝에 1967년 '경상좌수영'자리였던 부산 수영공원 정상에 '안용복 장군 충혼탑'을 세웠다.

수영공원은 1972년 문화재(부산광역시 기념물 제8호)로 지정되었고, 2001년 수영사적공원으로 재정비할 때 '안용복 장군 사당'인 '수강사(守疆祠:강역을 지켰다는 뜻)'와 동상을 세우고 정상에 있던 충혼탑도 이전했다.

안용복에게 '장군'이라는 칭호는 임금이 준 것도, 나라에서 내린 것도 아니다. 후세 사람들에 의해 받은 칭호다. 나라의 주인인 국민의 뜻에 의한 것이다. 누구도 이 뜻을 거스를 수는 없다.

안용복 정신을 통일정신으로 이어갈 수 있기를

독도수호에 여야가 없듯이 남북한이 공동으로 가져갈 수 있는 독도정신을 북한에서 확인 할 수 있었다. 필자는 북한에서 독도와 안용복 기념주화를 만들어 관광객들에게 판매하고 있다는 점과 북한 작가 리성복의 장편 역사 소설, 안룡복(安龍福)이 있다는 점에 착안하여 남북한이 공동으로 독도에서 민족 세미나를 개최한다든가 안용복을 주인공으로 한 드라마와

안용복 제를 독도에서(2007.8.7).

영화를 만들 수 있기를 희망하며 북한을 방문하여 협의 한 바가 있다. 언
젠가는 이루어지기를 기대해 본다(이를 위해 2007년에 새경북기획단장 시절, 경상북도
남북교류협력에 관한 조례도 제정함).

북한에서 판매되고 있는 독도와 안용복 기념주화.

북한 평양에서.

6. 독도 의용수비대

— 마지막 독립군

2012년 8월 10일. 이명박 대통령이 독도를 방문했다. 대한민국 헌정 사상 현직 대통령이 독도를 방문한 건 처음이다. 이 사실을 미리 통보 받은 일본 정부는 주한 일본 대사 소환, 야스쿠니 신사 참배 재개 등 이 대통령 방문 저지를 위해 갖은 노력을 기울였다. 물론 이런 얘기들은 후일담 형식으로 들었다. 우리 정부에서는 '경호상의 이유'를 들어 언론사에 보도 통제를 요청했고 언론에서는 받아들였기 때문에 사전에 어떤 얘기도 들을 수 없었다. 하지만 일본의 주요 언론은 이날 새벽 이명박 대통령의 독도 방문을 보도했다. 이에 대해서도 다양한 얘기들이 사람들의 입과 귀를 어지럽혔다. 하지만 그 모든 것이 나에게는 별로 중요하지 않았다.

한때 독도 수호 관련 업무를 총괄했던 사람으로서, 대통령의 독도 방문

이 땅이 뉘 땅인데

2011. 8. 17(수)

독도의용수비대 청소년명예대원 제2기 발대식

독도의용수비대 청소년명예대원 제2기 발대식.

을 보며 깜짝 놀랐다. 목적, 효과, 한일 외교 관계 경색, 정치적인 논란 등 많은 미묘한 문제가 따르지만 그 모든 것이 내게는 별 의미가 없었다. 나의 관심은 오직 하나. 대통령의 방문이 독도 수호에 어떤 의미인가, 오직 그것뿐이었다. 일단 대통령이 단호하게 영토 수호의 의지를 천명했다는 점에서 대통령의 방문은 잘한 일이라고 생각한다.

그날 대통령의 독도 방문에는 환경부장관, 문화체육부장관 외에 소설가 김주영, 이문열 씨도 동행했다. 그 사람들을 보면서 나는 어떤 사람들의 얼굴을 떠올렸다. 당연히 그 자리에 있어야 할 사람들이었다. 독도의용수비대원들이다. 현재 생존자는 일곱 분인데 울릉도에는 이규현, 이필영, 정원도 선생님 이렇게 세 분이 사신다(최근에 이규현님은 전남으로 이사).

대통령 독도 방문의 의미는 상징적이다. 그 상징 의미의 내연과 외연을 넓히기 위해서 소설가들도 함께 했을 것이다. 그렇다면 그 자리에 마땅히 독도의용수비대원들이 있어야 한다고 생각한다. 이들과 더불어 해양학자, 울릉도 어린이도 함께해야 마땅했다. 최소한 이들만이라도 함께 했더라면 대통령의 방문은 정치적인 일회성 행사가 아니라 독도의 과거, 현재, 미래를 아우르는 하나의 서사를 창조했을 것이다. 나는 그 점을 두고두고 유감스럽게 생각한다.

　이명박 대통령의 독도 방문에 생존 독도의용수비대원의 동행이 어려웠다면 적어도 먼저 울릉도를 방문해서 그분들을 위로하고 독도에 갔다면, 독도의용수비대의 마음이 담긴 '한국령' 표석의 의미는 기념 촬영 배경 그

독도의용수비대기념관 조감도

독도의용수비대 대원의 독도 경비.

이상으로 다가왔을 것이다. 한국령 표석은 단순히 바위에 새긴 글자가 아니다. 대한민국 영토의 당당한 선언이다. 독도의용수비대원들의 목숨과 혼으로 지켜온 우리의 영토, 독도이다.

독도의용수비대원들의 희생과 헌신, 뜨거운 조국애에 대해서는 굳이 말하지 않아도 우리 모두는 가슴으로 느낀다. 그것을 얘기하기 위해 이 글을 쓰는 것도 아니다.

나는 그들의 사명을 이어받은 이 시대의 한 사람으로서 그들의 업적을 하나의 거울로 삼고자 한다. 만약 그들이 그때 그 일을 하지 않았더라면 어떤 일이 벌어졌을까? 이런 가정을 통하여 나는 그들의 영웅적 행동에 대해 최소한이나마 경의를 표하고자 한다.

다행히도 경상북도와 울릉군, 국가보훈처는 그들의 애국정신을 기리고 국토 수호 의지를 청소년들에게 승계하기 위해 예산 129억을 지원 받아 독도를 육안으로 볼 수 있는 북면 천부리, 안용복기념관 인근에 독도의용수비대기념관을 건립 중에 있다(당시 필자는 독도의용수비대 기념 사업회 설립위원으로 활동).

▷ 만약, 1954년 5월 18일에 독도에 '한국령' 표지를 하지 않았다면?

▶ 일본령이라고 새겨지지는 않았겠지만, 지금처럼 우리 가슴을 뜨겁게 하는 모습은 아니었을 것이다. 지금 그것을 새기려고 한다면 일본의 온갖 항의에 시달릴 테고, 문화재청 눈치도 살펴야 한다.

▷ 만약, 1954년 5월 28~9일 일본 수산고 실습선을 돌려보내지 않았다면?

▶ 지금 일본은 독도가 자국 수산고 학생들의 학습장이었다고 떠들어댈 것이다.

▷ 만약, 1954년 8월 28일, 독도 경비 초사를 준공하지 않았다면?

▶ 독도가 무인도라는 주장을 더 강하게 펼칠 것이다.

▷ 만약, 1954년 10월 2일 일본 해상보안청 순시선 '오키', '나가라'호 독도 영해 침범 시 '나무대포'로 무력시위를 하지 않았더라면?

▶ 이들은 독도에 상륙했을 것이고, 지금은 그것을 근거로 일본 경찰이 치안권을 행사했다고 주장할 것이다.

▷ 만약, 1954년 11월 21일, 일본 해상보안청 순시선 '오끼', '헤꾸라'호 독도 영해 침범시 5발의 포탄 발사로 물리치지 않았더라면?

▶ 지금 일본 정부는 독도의용수비대의 활동을 어부들의 소풍 정도로 비아냥거릴지도 모른다.

알려진 바와 같이 미 국무부가 대일강화조약을 작성하는 과정에서 1~5

울릉도에 계시는 독도의용수비대원(필자 옆의 두 분), 홍철(전 대구경북연구원장), 박찬홍(전 한국해양연구원 동해연구소장)과 함께.

독도의용수비대원 울릉도 생존자 위문(필자 오른쪽 여성이 울릉군청 김숙희 전 독도관리사무소장).

차까지 초안에서는 독도가 한국령으로 기술돼 있었다. 그런데 최종안에서 빠지는 과정에서 주일 미국 정치 고문 대리를 지낸 시볼드라는 친일본 미국인의 영향이 작용했다. 그는 '독도 영유권'에 대해 일본 정부에 '태만에 의한 권리 침해를 받는 일이 없도록 끝없이 문제 제기를 하라'고 조언했다. 일본 정부는 지금도 그 조언을 충실히 따랐다. 일본 정부는 바보여서 억지 주장을 하는 것이 아니다. 국제적 트집을 잡기 위해 호시탐탐 명분을 쌓는다.

독도의용수비대는 그 존재만으로도 독도가 우리 땅이라는 것을 인정받는 데 커다란 역할을 했다. 만약 이들이 없었다면 독도 수호의 양상은 지금과 달라졌을 가능성이 높다.

이명박 대통령은 독도에는 갔지만 독도를 지킨 이들은 만나지 않았다. 대통령 방문 이후 한동안 모든 독도 수호 관련 사업은 취소되거나 중지됐다.(고 박정희 대통령은 1966년 4월 28일 독도의용수비대원들을 청와대로 초청하여 훈장을 수여했다.)

7. "한줌의 재 되어도 우리 땅 독도를 지킬 터"
— 초대 독도박물관장 이종학 선생

'독도박물관' 앞 표석에는 한글과 한자로 '독도박물관 獨島博物館'이라는 글자가 세로로 새겨져 있다. 한글은 판본체이고 한자는 초서체다. 이 글씨의 주인은 누구일까? 독도박물관에 가 본 분들이라면 당연히 알 것이므로, 이 질문은 아직 못 가본 분들께 드리는 것이다.

한글로 새겨진 판본체는 '월인천강지곡'에서 집자(集子)한 것이므로 당연히 글씨 쓴 사람이 누구인지는 알 수 없다. 한자를 쓴 사람은 분명하다. 이순신 장군이다. '난중일기'에서 글자를 모아 '독도박물관'이라고 새겼다. 이순신 장군과 독도와 무슨 관련이 있어서? 하는 의문이 들 수도 있겠다. 도무지 부끄러움도 반성도 모르는 일본의 독도 영유권 주장이 마치 21세기의 왜란 같아서, 우리의 단호한 의지를 표현하는 뜻으로 난중일기의 글자를 새겼다는 의미 부여를 할 수 있겠으나, 실은 이보다 직접적인 계기가 있다.

　어떤 의미에서 '독도박물관'은 이순신 장군이 지어준 것이다. 그 연유는 이렇다. 고(故) 이종학 초대 독도박물관 관장(이하 이종학 선생)이 연세대학교 앞에서 '연세서림'이라는 서점을 할 때였다. 1968년 어느 날 한 노신사가 연세서림을 찾아와서는 대뜸 일제강점기 때 발행된 식물 관련 책 두 권을 내 놓으며 1만원을 달라고 했다. 이종학 선생은 흔쾌히 그렇게 했다. 노신사는 만원을 받아 들고는 이름과 주소를 알려 주면서 집으로 한번 찾아오라고 했다. 서인달이라는 분이었다. 얼마 뒤 이종학 선생은 서울 장위동에 있는 그 분의 집으로 갔다. 집 2층이 고서적으로 가득했다. 서인달 씨가 평생 모은 책들이었다. 그는 초등학교 교장을 지낸 유명한 고서 수집가였다. 그런데 그 책을 이종학 선생한테 주겠다는 것이었다.

　"이 책은 다 당신 것이다. 남들은 1만원을 달라고 하면 값을 후려쳐 7,000원 정도 쳐 주는데, 당신은 그러지 않았다. 내가 죽고 나면 이 책들이 모두 엿장수한테 갈 텐데 그럴 바에는 당신 같은 사람한테 가는 것이 맞다. 물건은 임자를 만나야 빛을 발한다." 마침 서인달 씨는 죽기 전에 자신의 장서를 정리해야겠다고 생각하던 참이었다. 참으로 무겁고 아름다운 인연이었다. 이종학 선생의 일생에 커다란 전기가 찾아온 순간이었다.

　서인달 씨로부터 받은 책 가운데는 이순신 장군에 관한 것이 많았다. 더욱이 책과 함께 이순신 장군의 묵적도 받았는데, 한국 사람이라면 누구나 다 아는 '한산도가(閑山島歌)'였다. 이순신 장군의 절절한 나라 걱정에 가슴이 먹먹해졌다. 그때부터 이종학 선생은 충무공을 연구하기 시작했다.

독도박물관 개관(1997.8.8).

'난중일기'에 푹 빠졌다. 백 번도 넘게 읽었다. 자연히 한문과 고서에 문리
가 터지고 초서도 눈에 들어오기 시작했다.

난중일기를 독파한 이종학 선생의 시야에 마치 예정된 운명처럼 '독도'가
들어왔다. 이때부터 일제의 한반도침탈사와 함께 독도가 우리 땅임을 입
증하는 사료를 모으기 시작했다. 특히 1981년부터는 50여 차례나 일본을
드나들며 독도에 관한 일본 측 자료를 모으는 데 주력했다. 우리나라 자료
열 점보다 일본 자료 한 점이 일본 주장을 반박하는데 더 효과적이라고
생각했기 때문이다. 일종의 이이제이(以夷制夷), 일본 스스로 자신의 주장이
억지임을 입증하게 하자는 의도였다. 이종학 선생이 모은 사료 가운데 절
대 다수가 일본 측 자료인 이유가 이 때문이다.

이종학 선생은 생전에 "내 평생에 가장 기쁘고 통쾌한 일을 꼽으라면 1990년 7월 2일 일본 시마네현에서 관계자로부터 독도는 물론 대마도까지 우리 땅이라는 항복을 받고 온 일"이라고 말하기도 했다. 당시 이종학 선생은 1894년 오사카에서 발행한 '대일본해류전도'와 1936년 육군성 육지측량부에서 발행한 지도, 동해를 일본해가 아닌 '조선해' 또는 '대한해'로 표기한 한·중·일 3국 지도 등의 자료를 내밀었다. 특히 '조선총독보고 한국병합시말 부록 한국병합과 군사상의 관계'라는 문건 앞에서 시마네현 관계자는 할 말을 잃었다. 그 내용은 일본이 한반도 점거 자체가 불법이라는 것이었다.

1995년까지 30년 가까이 이종학 선생이 모은 독도 관련 자료는 지도, 전적, 문서, 신문, 마이크로 필름 등 351종 512점에 이르렀다. 바로 이 자료가 독도박물관의 모태다. 1995년 광복 50주년을 맞아 울릉군은 대지를 내 놓고 삼성문화재단은 건물, 이종학 선생은 자료를 기증하기로 약정서를 교환했다. 1997년 8월 8일 독도박물관이 문을 열었다. 이종학 선생이 기증한 자료를 바탕으로 고 홍순칠 독도의용수비대 대장의 유품과 독도의용수비대 동지회, 푸른울릉독도가꾸기회 등의 자료를 보태 한국 최초이자 유일의 영토박물관이 탄생했다.

독도박물관의 설립 과정을 간단히 정리하고 보니 왠지 이종학 선생께 죄스러운 느낌이다. 이 기회에 널리 알려지지 않은 얘기를 밝혀야겠다. 그것이 선생에 대한 최소한의 예의이고, 훗날 누군가가 사실을 기초로 한 독도수호사를 정리할 때를 위해 하나의 단서를 제공한다는 차원에서도 그래야 한다고 생각한다.

사실 이종학 선생은 정부 중앙 부처로부터 독도박물관 지원 불가 입장을 확인하고 경상북도에 지원을 요청했다. 경상북도도 마찬가지였다. 외교부의 입장을 전달한 것이 고작이었다. 그래서 결국 삼성문화재단의 돈을 받게 된 것이다. 설립 초기에는 중앙 정부는 물론 경상북도에서도 운영비 지원을 하지 않았다.

2000년 5월 23일, 독도박물관에 충격적인 내용의 현수막이 걸렸다.

"지키지 못한 독도, 독도박물관 문 닫습니다"

이종학 선생의 결정이었다. 무엇이 그로 하여금 자신의 분신과 같은 독도박물관을 개관 3년만에 문을 닫게 했을까. 그는 울릉군에 "오는 31일 바다의 날과 일본 총리 방한에 맞춰 독도박물관을 휴관해 통치권, 정치권, 언론, 학회 등 국민 모두가 독도를 수호하는 새로운 계기를 만들고자 한다"는 뜻을 전달했다. 폐관, 그것은 이종학 선생의 절규였다. 일본의 독도 침탈 기도에 대응하는 우리 정부의 미온적인 태도에 대한 항변이었다.

이종학 선생의 뜻과는 달리 울릉군에서는 다음 날 독도박물관의 문을 열었다. 물론 이종학 선생의 진심도 폐관에 있었던 건 아니었을 것이다. 2002년 별세할 때까지도 독도 관련 자료 수집을 계속하여 개관 때의 512점보다 훨씬 많은 1천 300여 점을 확보하였다는 사실로도 알 수 있는 일이다. 당시 이종학 선생의 걱정과 비분은 단순한 감정의 문제가 아니었다. 일본의 도발에 대한 우리 정부의 '조용한 외교'라는 '무대응'에 대한 극약 처방이었다. 임진왜란, 한일합병도 무대응의 결과였다는 것이 이종학 선생의 평소 지론이었다.

"독도박물관은 이순신 장군이 세워준 것이다." 이종학 선생이 생전에 한 말이다. 책을 매개로 한 서인달 씨와의 만남을 계기로 이순신 장군에 매료되지 않았다면 오늘의 독도박물관은 없었을 것이다. 이순신 장군과 서인달 그리고 이종학, 이 세 사람은 세기를 뛰어넘는 지음(知音)이었다.

이종학 선생의 삶을 두 시기로 나눈다면 이순신 장군과의 만남 이전과 이후로 나눌 수 있다. 만남 이후 이종학 선생의 삶에서 독도는 전부나 다름 없었다. 그리고 그 앞에는 늘 이순신 장군이 있었다. 독도박물관 표석은 1998년 충무공 순국 400주년과 박물관 개관 1주년을 기념하여 세운 것인데, 독도박물관 이름 글자를 새긴 자연석을 받치는 오석의 앞면에는 한산도가를 새겼고 뒷면에는 '이순신 장군의 장계'에서 가려 뽑은 글과 현재 일본의 독도 침탈 야욕에 관한 글을 새겨 대조시켜 놓았다. 두 글을 보자.

트집을 잡는 사람은
우리가 아니라 왜이다
일본 사람들은
이랬다저랬다 하여
옛적부터 신의를 지켰다는
말을 들어보지 못했다

(빗돌에는 장계의 원문도 새겨져 있으나 여기서는 번역문만 싣는다.)

다음은 이종학 선생의 글이다.

일본 사람들은 우리의 독도를

그들의 고유 영토라고 하기도 하고

또 어느 나라에도 속하지 않은 주인 없는

섬이었다는 억지를 부리는가 하면

측량을 하여보니 일본의 본토와

더 가까워 자기들의 영토라는 등

온갖 생트집을 부리고 있다

이순신 장군이 장계를 쓴 지 400년이 넘는 시간이 흘렀다. 그런데 그 기묘할 정도의 유사성은 민족사적으로 시사하는 바가 크다. 마치 이순신 장군께서 오늘을 예감하기라도 한 것 같다. 어쩌면 이순신 장군은 이종학 선생의 몸을 빌려 지금도 변하지 않는 일본의 못된 버르장머리를 경계하는지도 모르겠다. 이순신 장군을 만난 다음부터 이종학 선생의 좌우명은 "한줌의 재 되어도 우리 땅 독도를 지킬 터"였다.

이종학 선생은 생전에 "언젠가 일본이 또 다시 한반도를 넘본다면 그 시작은 독도가 될 것"이라고 말하곤 했다. 선생의 걱정은 기우가 아니다. 우리는 일본의 독도 영유권 주장을 세계평화에 대한 중대한 도전으로 받아들여야 한다.

2002년 11월 23일. 이종학 선생은 유명을 달리했다. 생전에 선생은 유언처럼 "어디라도 좋으니 박물관이 보이는 곳에 묻혔으면 좋겠다"고 말하곤 했다. 그 뜻을 받들어 2003년 6월 9일 독도박물관 경내에 유해를 모셨다. 울릉군민은 송덕비를 세우고 "우국충정 일념으로 독도를 지킨 분이 동래 수군 안용복 장군과 자랑스러운 울릉인 독도의용수비대였다면, 민족정기지혜로써 독도를 지킨 분은 화성의 의인 사운 이종학 공이라"라고 새겨 넣었다.

사운(史耘) 이종학. 사운은 선생의 아호다. '역사의 진실을 가리는 잡풀을 뽑는다'는 뜻으로 새길 수 있겠다. 그는 일본의 역사 왜곡에 맞서 오로지 진실을 말하는 사료로써 싸웠다. 그가 밝혀낸 독도의 진실, 이제 우리가 지켜야 할 때다.

나는 몇년 전부터 기회만 되면 '독도 박물관'을 '국립'으로 전환해야 한다고 주장한다. 독도의 상징성과 우리나라에서 유일한 '영토 박물관'이라는 사실을 고려하면 당연히 그렇게 돼야 한다고 생각한다. 관리와 운영은 현행대로 울릉군에서 하되 조직 편제만 국립 체제로 하고 국가에서는 운영 예산만 지원하면 된다. 행정 절차나 법규 문제가 따르겠지만 '독도'의 중요성에 비추어 보면 걸림돌이 될 만한 사안은 아니다.

우리에게 독도는 '영토 주권'의 표상이다. 독도에 대한 일본의 영유권 주장은 아직도 한반도가 '일제 강점' 상태라고 여기는 것과 같다. 일본이 독도를 거론하는 것만으로도 한반도 재침탈이다. 정부의 단호한 독도 수호 의지 천명 차원에서라도 '국립 독도박물관'으로 승격되어야 한다. 아니면 국민 성금이라도 모아 추가로 울릉도·독도 바다도서관이나 자료관을 확충하여야 한다. 이승진 현 독도박물관 관장으로부터 들은 얘기로는 이미 지금도 수장 공간이 포화 상태라고 한다.

울릉도 독도박물관 앞 이종학 선생님 송덕비.

8. 울릉도를 '사람의 향기'로 채운 삶
— 이경종 선생님

　울릉도 북쪽 끝자락에 '천부리'라는 마을이 있다. 울릉군은 가운데에 있는 성인봉을 꼭짓점으로 하여 삼각형 모양의 세 개 행정구역으로 나뉜다. 동남쪽은 울릉군청 소재지인 울릉읍, 서남쪽은 서면, 북쪽은 북면이다. 천부리는 북면의 면소재지가 있는 곳이다. 이곳은 울릉군에서도 오지에 속한다. 울릉읍과는 성인봉을 사이에 두었고, 찻길로 군청까지 가려면 섬의 북서쪽에서부터 남쪽을 에돌아야 한다.

　천부리에 울릉도 최초로 작은 도서관이 세워지도록 예산을 지원한 바가 있다. 이름은 '이경종 작은도서관'이다. 이곳 천부초등학교에서 아이들을 가르쳤던 고 이경종 선생님의 이름을 딴 도서관이다. 어떤 연유로 한 사람의 이름을 건 작은 도서관을 세우게 되었는지, 그것에 대해 말하려면 지난날의 한 사건을 얘기하지 않을 수 없다. 아름다워서 더 슬픈 이야기이다.

1976년 1월 17일 이경종 선생님은 울릉읍 도동에서 공무를 마치고 도동항에서 천부항으로 가는 어선 만덕호에 몸을 실었다. 그때는 천부에서 도동까지 갈 수 있는 찻길이 없었기 때문에 산을 걸어 넘지 않으면 배가 유일한 교통수단이었다. 울릉도 일주도로 공사가 1976년 8월에 착공되었으니, 도로 공사의 첫 삽도 뜨기 전이었다. 지금도 울릉도 북동쪽 구석인 섬목에서 울릉도 동쪽 저동항의 북쪽 내수전까지는 도로가 연결되지 않았다. 2016년 11월경에야 공사가 끝날 예정[2]이니 그때가 되어야 '일주도로'라는 이름값을 하게 된다.

만덕호는 57명의 사람을 태우고 철근 1.7t, 보리쌀이 섞인 10㎏ 들이 정부혼합곡 10부대, 라면 15상자를 실은 다음 도동항을 출발했다. 바다는 잠잠했다. 울릉도 겨울 바다는 기상 변화가 심하기로 이름이 높지만 누구도 10㎞ 남짓한 항해에 돌발 상황이 있을 거라는 생각은 하지 못했다.

울릉도 동쪽에 위치한 저동항을 지나 선창 앞바다에 이르렀을 때 삼선암(울릉도 북동쪽 모서리 앞바다에 자리한 바위) 쪽에서 거센 파도가 몰아쳤다. 여기서부터 천부항까지는 서쪽으로 3㎞ 남짓, 10리가 채 되지 않는 거리다. 만덕호는 천부항 앞바다까지는 무사히 운항했다. 하지만 거기까지였다. 20~30m 앞에 둔 항구로 다가설 수 없었다. 파도는 삼킬 듯이 만덕호를 몰아붙였다. 배의 스쿠루가 고장났을 때 수리하는 선내 구멍의 뚜껑이 파도에 부딪혀 열리는 바람에 갑판에 둔 밧줄이 풀려 내려가 스쿠류에 감겨 엔진이 꺼지고 말았다. 동력을 잃은 만덕호는 물거품이나 다름없었다. 파도가 만덕호를 삼켜버렸다. 배가 가라앉기 시작했다.

천부항 앞바다는 삽시간에 아비규환으로 바뀌었다. 그나마 이경종 선생님은 천만 다행히도 나무판자에 몸을 의지할 수 있었다. 더욱이 학창 시절 수영 선수였으니 어떻게든 뭍으로 나갈 수는 있었을 것이다. 그런데 그때 거의 기진맥진하여 허우적거리는 두 명의 제자가 그의 눈에 들어왔다. 필사적으로 다가가서 나무판자로 아이들을 끌어당겼다. 나무판자를 붙잡은 세 사람은 안간힘을 다해 버둥거렸지만 파도는 이들에게 무심했다.

나무판자가 세 사람이 버티기에는 너무 작았을까. 아니면 다른 어떤 사정이 있었을까. 이경종 선생님은 더 이상 보이지 않았다. 배에 탔던 57명 가운데 38명이 목숨을 잃었고 19명만이 목숨을 부지했다. 그 19명 가운데에 두 명이 이 선생님의 제자다. 이 선생님의 시신은 닷새 뒤에 천부항 서쪽 인근 천년포 해안에서 발견됐다. 누구인지조차 못 알아 볼 정도로 훼손된 그의 시신은 그날의 바다가 어떠했는지를 알려주었다.

천부초등학교마당에 세워진 이경종선생님 순직비.

천부초등학교에 도서 기증.

 이경종 선생님은 1941년 6월 23일 대구에서 태어났다. 대구사범대학을 졸업한 다음 1959년에 초등학교 교사로 첫 발령을 받았다. 천부초등학교에 부임한 때는 1973년 3월 1일. 자원이었다. 순직할 때까지 만 3년이 조금 못 되는 시간 동안 천부초등학교에서 아이들을 가르쳤다. 그는 영원한 천부초등학교의 선생님, 울릉도의 선생님, 아니 우리 모두의 영원한 스승이 되었다.

 그날, 1976년 1월 17일. 이경종 선생님은 왜 도동항에서 만덕호에 올랐을까? 당시 이경종 선생님은 경리 담당이기도 했다. 1월 17일은 도동에 있는 농협에서 교직원 15명의 봉급을 수령하는 날이었다. 하루 전날 출장 명령을 받고 학교 시설을 관리하는 다른 직원 1명과 함께 길을 나섰다. 요즘이야 차로 1시간 정도면 되는 거리지만 그때는 걷기 아니면 배가 유일한 교통수단이었고, 배라는 것이 일기에 따라 들쑥날쑥했기 때문에 차질 없이 일을 보려면 하루 전에 길을 나서야 했다.

이경종 선생님은 도동으로 가는 가장 짧은 길을 택했다. 산을 넘기로 한 것이다. 나리분지의 동쪽에 솟은 나리봉(840.2m) 동쪽 기슭을 넘는 길이었다. 죽암에서 석포, 내수전을 지나 저동, 저동에서 다시 가파른 고개를 넘어 도동에 이르는 14㎞의 행로였다. 울릉도는 일부 바닷가를 제외한 대부분 지형이 가파르다. 더욱이 눈이 많이 내리는 곳이기 때문에 겨울 산길을 걷는 일은 여간 고통스런 일이 아니다. 눈 덮인 산길 14㎞는 요즘의 최고 등산 장비를 갖추고도 한나절에 벅차다.

이경종 선생님은 날이 저물어서야 녹초가 되어 도동에 도착했다. 이튿날 농협으로 달려가서 가장 먼저 한 일은 직원들의 봉급 수령이 아니었다. 두 제자의 중학교 입학금 납부였다. 그는 6학년 담임이었고 가정 형편이 어려워 진학을 포기한 제자 때문에 못내 마음에 걸렸던 모양이다. 학부모로부터 어렵사리 빌린 돈으로 두 제자의 입학금을 낸 다음에야 봉급을 수령했다. 이제 학교로 돌아갈 일만 남았다. 하지만 눈길을 다시 걸어 해거름 안에 도착하기는 어려웠다. 도동항으로 나가 배편을 알아보니 마침 만덕호가 천부로 간다고 했다. 그는 그 배를 탔다. 그리고 그가 이 세상에서 마지막으로 한 일은 겨울바다에 빠져 죽어가는 두 제자를 구한 것이었다. 그날 그는 입학금을 대신 내 준 두 제자와 함께 모두 네 명의 어린 생명을 건져 올렸다.

사랑은 말로 하는 것이 아니라고 하지만 그런 사랑이야말로, 어렵다. 자신의 목숨을 내 놓는다는 것. 더 어렵다. 장수가 전장에서 목숨을 내놓은 것에 비할 바 아니다. 그것도 쉬운 일은 아니지만 그 자리는 이미 죽음을 전제한다. 죽음을 무릅써야 할 대의, 명분도 충분하다. 이경종 선생님의 경우는 다르다. 만일 그때 그가 자신의 목숨만 구했다 해서 조금이라도 비난받거나, 책임을 추궁당할 상황은 아니었다. 그는 참 스승이기 전에 좋은 사람이었고 큰 사람이었다. 영웅이라는 말로도 그의 사람됨을 다 담아낼 수 없다.

이경종 선생님이 순직한 바로 그해 6월 30일, 경상북도 교육회 회원들이 천부초등학교에 그의 순직비를 세웠다. 그리고 해마다 1월 17일이면 천부 초등학생들과 울릉군의 교육기관, 단체장들이 모여 그를 기리는 추모제를 지낸다.

나는 이경종 선생님 같은 분이 있었기에 독도가 이나마 지켜졌다고 생각한다. 왜냐? 그런 분이 있었기에 울릉도가 진정 아름다운 땅이 되었다고 믿기 때문이다. 울릉도는 이경종 선생님 같은 분들이 남기고 간 사람의 향기로 하여, 형편만 좋아지면 빨리 떠나고 싶은, 고달프고 지긋지긋한 비정한 땅이 아니라 오래오래 머물러 살고 싶은 아름다운 섬이 되었다.

독도를 지키는 가장 좋은 방법은, 울릉도를 사람들이 살고 싶은 행복한 섬으로 만드는 것이다. 그래야 울릉도의 품이 넓어진다. 울릉도의 품이 좁아지면 그야말로 독도는 홀로 섬이 되고 만다.

1976년 1월 17일. 울릉도의 겨울바다는, 따뜻했다. 이경종 선생님의 체온으로 하여.

　이경종 작은도서관은 세상에서 가장 따뜻한 도서관이 될 것이다. 그리고 필자는 매년 도서관에서 그를 추모하는 작은 음악회가 열리기를 희망한다. 그의 제자 사랑과 울릉도 사랑을 기리는 추모 음악회는 울릉도와 독도를 마음으로 영원히 지켜나가는데 많은 기여를 할 것으로 기대되기 때문이다.

　독도수호에 선생님들의 역할은 매우 중요하다고 생각한다. 선생님들이 독도를 직접 가보지 않고 어떻게 아이들에게 설명할 수 있을까. 경상북도는 매년 전국 역사 지리교사들을 선발해 독도 답사를 후원하고 있다.

아들 김보성과 함께 독도 봉사활동.

9. 우리 시대의 안용복, 이덕영
— 해양대국을 꿈꾸며 우리 '땅'을 사랑했던 한 사람

섬사람들에게 '땅과 바다' 중 어느 쪽을 더 소중하게 생각하는지 묻는다면? 우문(愚問)을 넘어 모욕이다. 농담 삼아서 아내들이 남편에게 '어머니와 내가 물에 빠졌어, 누구부터 건질 거야?' 하고 묻는 것보다 더 어리석고 난폭하다.

경북도청에서 교육, 과학, 해양 관련 업무를 하면서 바다와 인연을 맺은 지도 20년 가까이 되었다. 특히 초대 '독도수호대책본부장'을 맡으면서부터는 수시로 울릉도와 독도를 드나들었다. 자연스럽게 섬사람들과 정서적으로 교감했다. 경주 부시장으로 자리를 옮긴 지금은 공적 업무 영역을 넘어 개인적으로 울릉도·독도와 더 가까워졌다. 이제 내 영혼의 일부는 무시로 울릉도와 독도 앞바다를 떠돈다. 그 순간, 나는 즐겁다. 그 순간을 나는 즐긴다.

섬사람들에게 땅과 바다의 관계는 집과 마당에 비유할 수 있을 것 같다. 땅이 집이라면 바다는 마당이자 논밭이다. 섬사람들에게 땅과 바다는 그들의 삶을 지탱하는 기둥과 들보다. 섬사람들에게 땅(집)과 바다의 결속 관계는 뭍사람들에게 집과 들(논밭)의 그것보다 훨씬 강하다. 뭍사람들에게 논밭은 대부분 소유권이 분명한 누군가의 것이지만, 섬사람들에게 바다는 모두의 것이다. 뭍사람들에게 바다는 땅이 끝나는 곳, 더 이상 갈 수 없는 곳이지만 섬사람들에게는 무한히 열린 공간이다. 뭍사람들의 땅과 바다에 대한 감응과 섬사람들의 그것은 다르다.

사전적 의미의 '섬'은 "주위가 수역으로 완전히 둘러싸인 육지의 일부(표준국어대사전)"이다. 풀이가 더 알쏭달쏭한데, 일반적으로 우리는 '물(주로 바다)로 둘러싸인 땅'을 섬이라 한다. 육지의 시각에서 나온 인식의 결과다. 전 지구적 차원에서 보면 대륙도 섬이다. 하지만 대부분 사람들은 대륙을 섬이라 하지 않는다. 대륙은 바다를 의식하지 않는다. 땅이 주고 바다는 종이다.

섬의 시각에서 섬을 정의해 보자. 사방 어디로든 바다로 열린 땅, 이것이 섬이다. 섬은 바다로 나갈 수 있게 하는 근거지이자 바다에서 길을 잃지 않게 하는 닻이다. 작은 섬이야말로 땅의 부동성을, 대지의 무한한 포용성을 대륙의 벌판보다 선명하게 드러낸다. 내가 그 동안 가끔씩이나마 울릉도와 독도의 몸에 붙어 지내면서 느낀 바를 말하자면, 섬사람의 땅에 대한 애착은 뭍사람의 그것에 비할 바가 아니다. 섬사람의 땅 사랑은 바다에 대한 비교 우위 차원을 벗어난다. 섬은 바다에 의해 고립된 땅이 아니다. 섬이야말로 '고스란한' 땅이다.

사실 지금까지 한 얘기는 '우리 땅과 우리 바다'를 사무치게 사랑한 한

울릉도·독도 고대항로 재현 뗏목탐사—이덕영 주관(1989,1,1 KBS방영).

사람에 대한 얘기를 하기 위한 변죽이었다. 그는 섬사람이었지만 누구보다도 '땅'을 사랑했다. 또 그만큼 '바다'를 사랑했다. 그를 제대로 알기 위해서는 땅과 바다 그리고 섬에 대한 사전(辭典) 밖의 의미를 읽어야 한다.

이덕영. 그는 지금 이 세상 사람이 아니다. 이름만 들어도 누구나 다 아는 유명인도 아니다. 하지만 우리의 '독도 수호 역사'에서 그 이름을 뺄 수 없다. 독도 지킴이로서 그는 선구적이었다. 그의 자취에서 독도 사랑에 대한 치열성만 보는 것은 달을 보지 않고 달을 가리키는 손가락을 보는 격이다. 그의 자취를 좇아보자.

이덕영은 독도 수호에서 울릉도의 중요성을 깊이 인식하고 있었다. 그는 울릉도와 독도를 잇고자 했다. 울릉도—독도 간 뗏목 탐사가 바로 그것이다. 그는 가장 원시적인 방법인 뗏목을 이용하여 울릉도와 독도를 연결함으로써, 오랜 옛날부터 울릉도와 독도가 하나의 생활권이었음을 실증해 보인 것이다. 그는 한국탐험협회, 한국외국어대 독도연구회가 함께한 울릉도—독도 간 뗏목 탐험에 주도적으로 참여했다. 탐사대는 울릉도 삼나무로 뗏목을 만들었다. 1988년 7월 30일 울릉도를 출발한 뗏목은 해류와 바람의 힘으로 72시간만인 8월 2일 독도에 안착했다. 독도가 울릉도의 앞마당이었음을 동해가 스스로 증명해 준 것이다.

이덕영은 울릉도—독도 간 뗏목 탐사에 앞서 1988년 5월 '푸른독도가꾸기모임'(현 (사)푸른울릉독도가꾸기회)'을 결성하고 초대 회장을 역임했다. 울릉도 주민에 의한 독도 식목은 울릉애향회에서 1973년 해송(곰솔) 50그루를 심는 것으로 시작되었다. 이후 울릉산악회, 해양경찰대, 울릉군, 독도사랑회 등에서 식목 활동을 이어왔다. 푸른독도가꾸기모임은 이런 활동의 단순한 연장이 아니었다. 식물 전문가에게 자문을 구하여 수종을 정하고, 동도뿐 아니라 경사 70도가 넘는 바위 절벽을 오르내리며 서도에도 나무를 심고, 울릉군의 지원을 받아 독도 조림 5개년 계획(1989~1993)을 수립하기도 했다. 캠페인 차원의 식목 행사가 아니라 실질적인 푸른 독도 가꾸기를 시작한 것이다. 하지만 1996년 4월 20일 서도 상단부 물골 일원에 보리밥나무 등 5종 100그루를 심는 것이 마지막이 되고 말았다. 천연기념물 보호 구역에 외래종이 유입되는 것을 막는다는 이유로 정부에서 입도를 금지했기 때문이다.

1973년에서 1996년까지 23년 동안 14회에 걸쳐 독도에 심은 나무는 섬괴불나무, 보리밥나무, 동백나무, 사철나무, 후박나무, 섬잣나무, 해송(곰솔) 등 1만 2,000여 그루였다. 하지만 섬괴불나무 50여 그루 외에는 거의 고사하고 말았다. 험준하고 특수한 식생 환경, 수종의 적합성, 지속적인 사후관리가 따르지 않은 점 등이 문제였다.

그런데 여기서 우리가 오해하지 말아야 할 것이 있다. 사람의 힘으로 독도를 푸르게 한다는 것이 원천적으로 불가능한 일인가 하는 의구심을 가질까 봐 하는 말이다. 결론부터 말하자면 '가능하다'는 것이다. 진짜 우리가 간과하고 있는 진실은 본래 독도는 '푸른 섬'이었다는 사실이다. 2009년 한 해 동안 5차례에 걸친 현지조사를 바탕으로 한 '푸른독도가꾸기 연구용역' 보고서가 나온 바 있는데, 이 때 식물상 세부 연구 책임자였던 박재홍 교수(경북대 자연과학대학장)의 말에 따르면 "땅 속의 화분(花粉)을 조사할 때 수거한 100개 중 80개가량 소나무 화분이었다"고 한다. 이 조사에서 발견된 소나무 화분은 결코 수백, 수천 년 전의 것이 아니다.

1900년대 초중반 일본 정부로부터 독도 강치(바다사자) 포획 독점권을 따낸 일본인 수산업자 나카이 요사부로는 다케시마어렵회사를 통해 8년 동안 1만 5,000여 마리를 잡았다. 이들은 최상급으로 인정받던 강치 가죽을 벗긴 다음 기름을 빼 내기 위해 불을 땔 때 독도에 자생하던 소나무를 연료로 썼을 것이다. 이들은 강치뿐 아니라 소나무의 씨도 말린 것이다.

일제 강점 전까지만 해도 독도에 소나무가 무성했다는 사실은 막연한 추측이 아니다. "1883년 4월 이후 울릉도를 개척한 선조들로부터 전해 내려오는 말에 의하면 독도에는 나무가 제법 눈에 띄었다고 한다." 푸른울릉독도가꾸기회 이예균 전 회장의 증언이다. 당시 어부들은 며칠씩 조업을 하다 악천후로 독도에 머무르게 되면 그곳의 나무를 땔감으로 사용했다.

울릉도에 사는 가장 오래된 할배 소나무(성인봉 인근).

울릉도 도동 향나무. 국내 최고령 나무.

특히 서도 물골 일대의 왕호장근은 좋은 불쏘시개였다.

천년 이상을 살아온 국내 최고 오래된 나무인, 향나무가 울릉도 도동항 절벽 위에 매일 울릉도를 찾는 입도객을 맞이하고 있다는 사실을 보더라도 울릉도·독도에 얼마나 많은 숲이 우거져 있었는지를 이야기 해 주고 있다.

독도는 본래 푸른 섬이었다. 그런데 왜 지금은 황폐화되었을까? 앞에서 얘기한 바 있는 것처럼 1948년 등 수차례에 걸친 미극동공군사령부 소속 폭격기의 독도 폭격이 가장 큰 영향을 미쳤을 것이다. 이때의 폭격으로 인명만 피해를 입은 것이 아니었다. 폭격은 나무만이 아니라 나무를 품어주던 표토층마저 날려버린 것이다.

푸른 독도 가꾸기는 인위적으로 독도를 푸르게 만들자는 것이 아니라,

미군 폭격으로 손상된 독도를 본래의 모습으로 되돌려 놓자는 것이다. 이덕영은 바로 그 일을 체계화, 본격화시키는 데 앞장섰다. 현재의 결과만 보자면 푸른독도가꾸기 사업은 실패라고 볼 수도 있다. 하지만 그 동안의 노력이 없었다면 독도가 다시 푸르게 될 것이라는 확신을 가질 수 없었을 것이다.

경상북도는 2010년부터 독도 산림생태 복원을 위한 다양한 노력을 기울여오고 있다. 독도 고유 생육 수종의 모체에서 떼어낸 뿌리와 나뭇가지를 키워 채종한 씨앗으로 묘목을 키우고 있다. 독도에 대한 적응력을 기른 묘목은 무균 상태에서 독도에 뿌리를 내릴 것이다. 푸른 독도의 꿈은 현실이 되고 있다.

2008년 7월 31일 경상북도는 독도에서 자생하는 수령 100년 이상의 사철나무를 보호수로 지정했다. 새로 심는 것도 중요하지만 식생 보존은 더 중요하다. 지속적이고 체계적인 관리에는 중앙 정부보다 지자체가 적임이다. 경상북도에서 그 의지를 표명한 것이다.

한편 2008년 7월 14일 일본 중등 교과서 해설서에 독도 영유권을 명기하기로 하여 우리 국민 모두가 공분했을 때 여야 대표가 한 목소리로 일본을 규탄하며 독도를 방문했다. 이때 야당 대표가 순국 경찰 위령비에 헌화한 뒤 독도 경비대에 무궁화 한 그루를 전달했지만 이 나무는 울릉도 해군 기지에 심어졌다. 독도가 천연기념물이기 때문에 외래수종은 심을 수 없는 법에 걸린 것이다. 우리 땅에 우리 국화(國花)를 심을 수 없다. 필자는 척박한 바위에서도 잘 자라는 무궁화 신 품종을 개발하여 독도라는 학명과 이름을 부여하여 독도에서 매년 식목행사도 전개하여 하루 빨리 독도에 무궁화꽃이 피기를 고대한다.

독도산림생태계복원 회의.

독도산림생태계복원-울릉도에서 키워 독도에 식목예정.

마음의 꿈을 모아 땀을 다듬어

기도하는 마음으로 나무 심는다.

거센 바람 불어도 굳게 자라거라.

언젠가는 홀로 섬에 푸른 날 오겠지.

이 가사는 바위섬 독도를 늘 푸른 섬으로 만들려고 노렸했던 '푸른독도 가꾸기모임(회장 李德榮)'을 위해 1989년 4월 20일부터 25일까지 5박 6일 동안 독도에 나무를 심었던 것을 기리기 위해 작곡가 한돌 씨가 지은 노래다.

이덕영은 울릉도 토박이다. 1949년 2월 25일 울릉도에서 독도가 가장 잘 보이는 마을, 정들포(석포)에서 태어났다. 울릉도 개척 당시부터, 이곳에 살다가 정이 들면 나가기가 아쉬웠다 하여 이름마저 '정들포'가 된 마을이다. 학창 시절 한 때 대구에서 보낸 시간 말고는 정들포를 떠나지 않았다. 그리고 그는 평생 땅을 끌어안고 살았다. 일찍 울릉도 고유의 '생명'에 눈을 떴기 때문이다.

우리가 '토종'이라 부르는 울릉도의 고유 식물은 곧 한국 특산종이었다. 울릉도는 섬이라는 특수성 때문에 우리 고유의 식물이 잘 보존된 한국 특산종의 보고다. 이덕영은 그것의 중요성을 학자의 눈이 아니라 토박이의 눈으로 본 것이다. 그는 그것들에 혈육적 애착을 느꼈다. 잘 다니던 농협마저 그만 두고 울릉도 토종 식물에 매달렸다. 누구도 등 떠밀지 않았지만 어느 순간 토종 지킴이가 되어버렸다. 그는 토종을 살리는 것이 농업을 살리는 길이라고 생각했다. 아직도 논란이 되고 있는 쌀시장 개방에 따른 국내 농업 대책의 일환으로 토종 야생화 재배의 중요성을 역설했다. 여주 등

이덕영씨 옛집을 찾아서(왼쪽에서 다섯번째가 이덕영씨 장남 이병호씨).

이덕영씨 추모비 앞에서(왼쪽에서 네번째가 이덕영씨 장남 이병호씨).

수도권 농가를 비롯하여 서울시 등에 야생화를 보급했다. 그의 노력 덕분에 외국산 꽃들을 심을 예정이었던 2002년 월드컵 경기장에 우리 야생화가 활짝 꽃을 피울 수 있었다.

이덕영의 시선은 야생화에 머물지 않았다. 그는 일본인들이 즐기는 고추냉이(일본명: 와사비)의 원조가 울릉도라고 주장하면서 울릉도 자생 고추냉이를 재배하는 데 성공했다. 삼백초, 어성초, 섬백리향, 울릉국화 등 울릉도 자생식물을 활용한 울릉도 고유의 차를 개발하는 데도 정성을 쏟았다. 누구보다 일찍 울릉도와 독도의 생태적 가치에 주목하고 지역 특산물을 산업화시켰다(고 이덕영씨의 뒤를 이어 사촌인 이권수씨가 울릉도 야생화의 보존과 울릉도 생물자원의 산업화에 많은 관심을 가지고 연구 노력 중에 있고, 이와 관련하여 '울릉국화' 책을 발간함).

누구나 알듯이 '심마니'는 산삼 캐는 사람이다. 예로부터 산삼은 캐 오기만 했다. 사람이 심어 기르지 않았다. 그렇게 한 것은 인삼이다. 그러나 산에다 산삼을 심는다면? 그것도 자신을 위해서가 아니라 먼 훗날 그것이 꼭 필요한 후손을 위해 심는 것이라면? 이 유쾌한 역발상에서 '농심마니'가 탄생했다.

지금 '농심마니'는 알 만한 사람은 다 아는 상당히 유명한 모임이다. 그런데 이 모임이 이덕영에서 비롯되었다는 사실을 아는 사람은 회원 외에는 많지 않을 것 같다. 1987년 이덕영은 울릉도에서 '한국의 산을 산삼 밭으로 만들자'는 운동을 펼치고 있었다. 당시 〈사람과 산〉이라는 산악 전문 잡지의 발행인이자 편집인이었던 박인식(산악인, 소설가) 씨와 이덕영이 만났다. 박인식 씨는 '산삼의 뿌리는 한민족의 뿌리'라며 산삼 심기 운동을 펼치는 이덕영의 활동에 공감했다. 사람을 모으고 조직을 만드는 데는 탁월

한 능력을 가진 박인식 씨가 문화계·예술계의 뜻 맞는 사람들은 모았다. 이렇게 하여 1987년 농심마니가 창립됐다.

이덕영이 끌어안은 '땅'은 울릉도에 국한된 땅이 아니었다. 우리의 땅 곧 한반도였다. 그의 인식 지평이 울릉도에 한정된 것이었다면 전국 곳곳에 야생화를 심고, 전국의 산에 산삼을 심겠다는 발상이 나올 수 없다. 그의 독도 사랑도 이런 시각에서 봐야 한다. 한반도라는 우리 땅의 역사에서 바다를 빼 놓을 수 없다. 특히 동해는 한반도의 미래가 걸린, 대양을 향하는 관문이다. 여기서 독도를 빼면 우리의 땅과 바다는 영락없는 변방으로 초라해지고 만다. 그는 누구보다도 그것을 잘 알았다. 그에게 바다는 땅의 또 다른 이름이었다. 이런 그에게 운명처럼 바닷길이 찾아왔다. 고구려의 후예들이 세운 발해가 우리의 동해 물길을 통해 일본을 오간 해상항로가 그것이다. 그에게 '발해 1300호'가 왔다.

발해 1300호. 발해 건국 1,300주년에 맞추어 발해와 일본 간의 해상 항로를 재현하기 위해 조직한 '발해해상항로 학술뗏목대탐사대'가 몸을 실을 뗏목의 이름이었다. 장철수(대장)를 중심으로 조직된 탐사대에 이덕영은 선장으로 참여했다. 이들 외에 이용호(촬영), 임현규(통신)를 합쳐 탐사대는 모두 4명이었다. 대원들은 출항 2개월 전쯤인 1997년 11월 중순부터 블라디보스토크 초스킨 44부두 조선소에서 손수 뗏목을 만들었다.

1997년 12월 31일 '발해 1300호'는 블라디보스토크 항에서 돛을 올렸다. 1월 12일 낮 12시에 울릉도 북쪽 110.8㎞, 1월 17일 오전 11시에 경상북도 후포 동쪽 75.7㎞까지 순항했다. 다음날인 1월 18일 오전 2시 30분께는 해양경찰청 경비정을 타고 온 지원팀으로부터 지원품을 전달받기도 했다. 이

울릉도 나리에서 고추냉이 재배중.

울릉도에서 장뇌산삼 재배.

후 동쪽으로 항해, 1월 23일 오후 5시에 일본 오끼 제도의 도고섬 북서쪽 7.8㎞까지 접근했다. 그러나 당시 도고섬 인근에는 초속 14m의 강풍이 불고 있었다. 접안이 불가능한 상황이었다. 발해 1300호는 구조를 요청했다. 같은 날 오후 8시 56분께 도고섬 북쪽 2㎞ 지점에 구조대가 도착했지만 거친 파도와 어둠 때문에 구조는 이루어지지 않았다. 다음 날인 1월 24일 오전 7시께 발해 1300호는 도고섬 서북쪽 후쿠오라 항 남쪽 해변에서 발견됐다. 뗏목은 뒤집힌 상태였다. 1월 24일 사고 당일 새벽에 구조된 직후 숨을 거둔 이용호 대원 외에는 시신조차 보이지 않았다. 1월 29일 일본 해상보안청과 지역 주민들에 의해 이덕영 선장의 시신이 발견됐고, 임현규 대원의 시신은 2월 22일, 장철수 대장의 시신은 2월 11일 도고섬 해안가에서 훼손된 상태로 발견됐다.

이덕영은 그렇게 이 세상을 떠났다. 동서고금을 막론하고 극적이면서도 장엄한 죽음 다음에는 찬사가 따른다. 영웅담으로 윤색되기도 한다. 하지만 정녕 우리가 잊지 말아야 할 것은, 그들의 죽음 이전 행위들이다. 그들은 영웅이 되기 위해 죽음을 무릅쓴 것이 아니었다. 그들은 존재적 삶의 방식을 택했다. 지역 공동체와 민족의 한 구성원으로서 시대정신과 역사의식에서 자신이 살아야 할 이유를 찾았고 그 일에 최선을 다했다. 그것만으로도 그들은 이미 영웅적이었다.

이덕영이 뗏목을 타고 독도에 가고, 야생화를 가꾸어 퍼트리고, 산삼을 심고, 발해인의 뱃길을 재현하고자 한 것은 단순한 모험심이나 영웅심의 발로가 아니다. 그는 이 땅을 지극히 사랑했다. 그 사무치는 사랑이 야생화를

발해1300호-러시아 블라디보스토크 출항직전(1997.12.31).

발해1300호-이덕영(맨좌), 임현규(맨우).

발해1300호 대원들을 위한 위령제를 독도에서 지냈다(2010.10.23).

울릉도 사람들이 '이덕영 기념사업회(회장 김유길)'를 발족하고, 그의 뜻을 잇고 있다(2014.3.28).

가꾸게 했고 독도를 끌어안게 만들었다. 독도를 안고 보니 지워지다시피 한 발해의 역사가 보였다. 발해의 역사를 되살리고자 함은 한반도 혹은 대륙 중심의 사고에서 벗어나 대양을 향해 나아가자는 한 걸음이었다. 특히 그는 우리의 청소년들에게 대양을 향한 꿈을 심어 주고자 했다.

독도 수호의 의지에서 잉태된 발해 1300호의 꿈은, 발해인의 뱃길을 복원함으로써 우리 청년들이 바다를 제대로 알고 바다로 나아가려는 용기와 도전 정신을 심어주는 것이었다. 그들의 꿈은 아직 미완이다. 우리 청소년들이 마음대로 독도에 드나들면서 바다를 배우고 대양을 향해 도전할 때 그들의 꿈은 완성될 것이다. 발해 1300호 탐험대가 마지막 항해일지에서 남겨 준 그들의 메세지 '청년에게 꿈과 지혜를 주고 싶다. 탐험정신'은 우리에게 많은 것들을 생각하게 해준다.

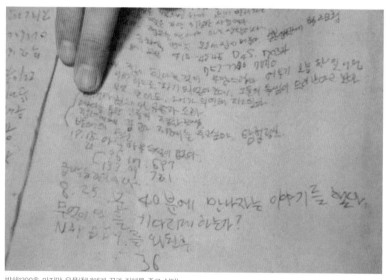

발해1300호 마지막 유품(청년에게 꿈과 지혜를 주고 싶다).

나는 이덕영을 우리 시대의 안용복이라 생각한다. 안용복은 당시 조선 어부들이 마음 놓고 우리 바다에서 고기를 잡을 수 있는 권리를 지키기 위해 일본으로 건너갔다. 결코 지금 일본이 독도를 자기 땅이라고 억지를 쓰는 상황까지 내다보지는 못했을 것이다. 하지만 그는 지금 독도 수호신이 되었다. 이덕영의 삶도 그렇다. 그는 우리에게 이렇게 저렇게 하라고 채근한 적이 없다. 다만 그의 방식대로 행동했을 뿐이다. 그런데 그가 남긴 자취들은 우리가 어떻게 독도를 지키고 어떻게 우리 땅을 아름답게 가꾸어야 할지를 가리키는 길잡이가 된다. 안용복, 이덕영 둘 다 선구자적 삶을 살았다.

　이덕영의 혼은 지금도 서울 세종로, 청계천 가의 섬초롱꽃이 되어 잿빛

이덕영의 아들 이병호. 2014 해양실크로드글로벌대장정 중의 모습.

도시를 밝힌다. 어느 산골짝에서는 산삼의 기운을 돋운다. 독도의 울릉국화가 되어 독도를 넘보는 일본에게 그러지 마라고, 그러는 게 아니라고 꽃웃음으로 어깨를 토닥인다.

"섬사람들도 육지하고 똑같이 생각을 해줘야 한다. 섬에도 사람이 살게해 줘서 많은 사람들이 바다로 가야 한다. 그래야 바다가 우리 것이 된다"라는 이덕영씨의 말은 이 시대에 많은 것을 시사해 준다. 다행히도 그의아들 이병호가 한국해양과학기술원 울릉도·독도해양과학기지에서 일하면서 그의 못다한 꿈을 실현하고 있다.

10. 독도와 한 몸이 된, 오늘의 독도 수호자들
— 독도관리사무소 직원들과 울릉도·독도해양과학기지 김윤배 박사

'독도실록'의 기록자, 독도 관리사무소 직원들

독도의 서도에서 동도로 출퇴근하는 사람들이 있다. 동도와 서도 사이의 직선거리는 151m. 그 짧은 거리를 오가는 데 하루를 바친다. 아주 오랜 옛날, 두 섬은 하나였다. 물론 지금도 해저에서는 한 몸이다. 세월이, 파도가 두 섬을 갈라놓은 것이다. 이들이 151m의 바닷길을 건너는 교통수단은 흔히 조디악이라 불리는 모터 달린 고무보트다.

세상 사람들은 독도에 상주하는 사람들이 김성도 씨 부부와 독도경비대 뿐인 걸로 알겠지만 이들 말고도 있다. 울릉군청 독도관리사무소의 독도 현장 담당 공무원들이다. 이들은 3월^(독도 여객선 운항 개시일)부터 11월^(독도 여객선 운항 종료일)까지 9개월 동안 서도의 주민 숙소에서 생활하며 동도를 오간다. 모두 6명인데 2명이 한 조를 이루어 10일씩 교대 근무를 한다.

독도 현장 담당 공무원들이 하는 주된 일은 독도에 들어오는 사람들의 안전 관리다. 이 외에 독도 시설물 관리, 독도 환경 정비가 이들의 임무다. 드러난 것으로만 보자면 아주 단순한 업무다. 하지만 나는 이 단순함이야 말로 독도를 지키는 힘이라고 생각한다. 대한민국의 공무원들이 일상적인 공무를 했다는 그 사실만으로도 그 의미는 특별하다. 그곳이 독도이기 때 문이다. 일본 시마네현에서 다케시마의 날을 여는 상징 조작과는 다른 차 원이다.

독도의 공무원들이 쓰는 '업무일지'를 나는 '독도실록(獨島實錄)'이라 부른 다. 독도에 비가 왔는지 눈이 내렸는지, 독도에 어떤 사람들이 다녀갔는지, 어떤 단체에서 어떤 일을 했는지, 새끼 괭이갈매기가 하늘을 날기 시작했 는지, 울릉국화는 언제 첫 꽃망울을 열었는지, 차곡차곡 기록으로 쌓인다 (2013.4.18 독도탐방객 100만명 돌파). 만에 하나 (절대 그런 일이 일어나서는 안 되겠지만) 일 본과 국제사법재판소에서 다툼을 벌인다면, 이 기록이야말로 대한민국의 영토인 독도에서 대한민국의 국민들이 얼마나 행복한 날들을 보냈는지를 생생하게 보여 줄 것이다. 독도가 우리 땅이었음을 명백히 증명하는 사료 와 독도에서 누리는 지금 이 시간 한국인의 삶이 만난다면, 당연히 미래에 도 독도는 한국 땅이어야 마땅하다고 귀결될 것이다. 독도 현장 담당 공 무원의 업무일지뿐 아니라 독도에서 일어난 모든 일을 체계적으로 기록하 여 일 년 단위로 묶어서 독도박물관 자료실(울릉군)과 국립중앙도서관(서울 시), 경북도청 신도시에 설립 예정인 도립도서관 옆 독도사료관(안동시)에 분 산 보관하여야 한다. 아울러 경북도청 독도정책과와 울릉군청 독도관리사 무소에서 생산되는 독도와 관련하여 생산되는 모든 공문서는 정부가 정한 공문서의 보존 연한(1년, 5년 단위로 구분하여 보존 또는 폐기되고 있음)에 관계없이 체계적으로 분류보존하는 조치가 함께 이루어져야 한다(필자는 2011. 10. 28일, 경상북도가 정한 10월, 독도의 달을 맞아 경북 동해안 5개 시군 해양수산과장 공식회의를 독도에서 1박2일 개최하였다).

　현재 독도관리사무소 직원들은 독도 현장 담당자 말고도 독도평화호(7명), 행정·지원 업무(5명) 등 총 18명이 독도 관리 업무를 전담한다. 그런데 이들 모두는 최소한의 특별 근무 수당 같은 것도 받지 못한다. 그런 건 언감생심이라 할지라도 기본적인 생활 조건도 너무 열악하다. 한 예로 그들이 마시는 물은 짭조름하다. 담수화 시설이 낡았지만 예산이 부족하여 교체할 수 없기 때문이다. 하지만 그들은 묵묵히 견딘다. 그 힘은, 우리의 특별한 땅 독도에서 공무원으로 일한다는 긍지와 보람이다. 울릉군청 소속인 그들은 울릉군의 빠듯한 살림 형편을 잘 안다. 그래서 독도 관리 업무

경상북도 동해안 해양수산과장 회의, 독도에서(2011.10.28).

155

2014년 독도 숫돌바위 옆에서 발견된 물개 사진.

일본 오끼섬, 독도강치의 희생물. 강치로 만든 가죽과 가방.

는 울릉군청 직원들이 돌아가며 맡는다. 사실상 울릉군청의 모든 공무원이 독도관리사무소 직원인 셈이다. 나는 같은 공무원으로서 이런 상황이 아주 가슴 아프다. 국민소득 몇 만 달러를 말하는 것도 낯 뜨겁다. 중앙정부의 전향적이 관심이 아쉬운 대목이다.

어느 날, 독도 연안으로 물개가 무리지어 나타났다. 독도 현장 관리 담당자의 눈길을 끄는 한 마리가 보였다. 물개의 목에 그물이 걸려 있었던 것이다. 조디악을 타고 가서 목에 걸린 줄을 풀어주려 했다. 물개가 겁을 먹고 조금씩 물러나는 바람에 쉽지가 않았다. 보트에서 뛰어내려 헤엄을 쳐 물개에게 다가갔다. 야속하게도 사람의 마음을 알 리 없는 물개는 술래잡기를 하듯이 거리를 뒀다. 이렇게 한 시간 넘게 실랑이를 했는데도 결국 물개는 먼 바다로 사라졌다. 지금도 그 직원은 그 때 그 물개의 눈망울을 잊지 못한다.

어쩌면 독도에 근무하는 독도관리사무소 직원은 '강치를 위한 등대지기'인지도 모르겠다. 그들이 있는 한 언젠가는 강치도 돌아올 것이다.

독도는 내 운명

폐교가 된다는 것은 작은 시골 학교 하나가 문을 닫는다는 것만을 의미하지 않는다. 미래를 밝힐 등불 하나가 꺼지는 것이다.

2012년 3월 1일 울릉군 서면 남양초등학교 태하분교가 폐교됐다. 9명의 학생을 마지막으로 남양초등학교로 통합된 것이다. 남양초등학교도 전교생 수가 27명(2014년 기준)이니 분교나 다를 바 없다. 그나마 위안거리를 찾자면 유치원생이 16명이어서 당분간 폐교 걱정은 하지 않아도 될 것 같다는 점이다.

울릉군 북면의 천부초등학교 현포분교도 존폐가 아슬아슬한 상황이다. 전교생이 14명(2014년 기준)이다. 12명으로 그칠 뻔했는데 2014년도에 육지에서 두 남매가 전학을 왔다. 이 두 아이는 좀 별난 아버지 때문에 졸지에 섬마을 소년, 소녀가 되었다. 다들 아이들 교육 때문에 도회지로 나가려 하는데, 이 아이들의 아버지는 역선택을 한 것이다. 울릉도·독도 해양과학기지 김윤배 박사가 바로 그 사람이다.

사실 김윤배 박사에 대한 이야기를 하기 위해 초등학교 얘기를 꺼냈지만, 이왕 말이 나왔으니 울릉도 초등학교의 현황에 대해 좀 더 얘기를 해볼까 한다. 울릉도 전체에 초등학교가 5개인데 그 중 하나는 분교다. 그런데 이 5개 학교의 전체 학생 수가 287명이다.(2014년 12월 31일 기준) 대도시의 웬만한 초등학교 한 학년 학생 수에도 미치지 못한다. 이것이 울릉도의 현실이다.

해양과학자인 김윤배 박사는 2010년부터 한국해양과학기술원 울릉도·독도 해양연구기지(현재 울릉도·독도 해양과학기지로 명칭 변경) 개소 준비 업무에 관여했다. 2014년 1월 기지가 문을 열면서부터는 아예 온 가족이 울릉도에 정착했다. 초등학교 6학년인 딸, 5학년 아들 그리고 4살인 딸 이렇게 세 아이의 아빠로서 쉬운 선택은 아니었을 것이다.

경북도청에서 오랜 시간 독도 수호 관련 업무를 보면서 공적, 사적으로 김윤배 박사와 많은 시간을 함께 했다. 보면 볼수록 그는 동해와 독도를 위해 태어난 사람 같았다. 울릉도·독도 해양과학기지 같은 것은 구상도 하지 않은 때부터 그는 이미 독도와 깊은 인연을 맺고 있었다. 대학원생이던 1990년대 말에서 2000년 초반 천리안 독도사랑동호회 회장을 맡기도 했다. 지금도 그는 학자로서 고유 업무 외에 다양한 독도 관련 단체에 깊

숙이 관여하고 있다. 현재 독도학회 이사, 발해 1300호 기념사업회 학술위원, (사)독도해양수산연구회 이사, (사)이덕영기념사업회 이사로 활동한다. 혹여 그가 감투를 좋아하거나 여기저기 기웃거리기를 좋아하는 사람으로 오해받을까 봐 한 마디 보탠다. 내가 아는 그는 천생 학자다. 전형적인 현장 스타일의 학자다. 그리고 놀라울 만큼 부지런하고 꼼꼼하다. 독도에 대한 사랑은 거의 종교적이다.

김윤배 박사의 고유 업무는 울릉도·독도 해양환경 변동 연구다. 울릉도·독도 해양관측장비 유지 관리도 그의 몫이다. 독도 관련 단체에서 활동한 경험이 이 기회에 빛을 발할 것이라 기대한다.

동해와 울릉도·독도에 대한 사랑이 김윤배 박사만큼 순정적이고 열정적인 학자를 만나 본 적이 없다. 그는 그의 아이들에게 울릉도를 새로운

울릉군 독도관리사무소 직원들과 독도를 찾는 연구자들의 보금자리가 될 독도입도지원센터 조감도. 이 자리는 1900년대 초·중반 일본인들이 독도 강치(바다사자)를 남획할 때 천막을 설치했던 자리이기도 하다. 이제 독도를 과학적·문화적·생태적으로 관리해야 할 때이다.

고향으로 만들어 줬다. 그는 개인적으로 앞으로도 울릉도 사람으로 살아 갈 것이라고 한다. 그는 고향이 전라도 강진으로 울릉도와는 혈연, 지연, 학연 등 관습적인 인연과 조금도 얽히지 않은 사람이다.

울릉군 독도관리사무소 그리고 김윤배 박사. 이런 사람들이 있는 한 독도는 우리 땅으로 영원할 것이다.

III.

내가 꿈꾸는
울릉도·독도의
미래

외교적, 정치적, 군사적 방법으로 독도를 지키는 데는 한계가 있다.
문화, 생태, 과학적 방법으로
독도를 우리 삶 깊숙이 끌어들여야 한다.
그것을 통해 우리 국민 모두가 동해와 울릉도·독도를 향유하는 것만이
항구적으로 독도를 지키는 길이다.
우선 독도의 모섬인 울릉도를 행복한 섬으로 만들어야 한다.
울릉도·독도를 세계적인 생태섬, 평화의 섬으로 만들어야 한다.
한반도의 지평은 대양으로 넓어질 것이다.
대한민국 독도를 '해양민국(海洋民國)'의 산 교육장으로 활용해야 한다.

1. 울릉도·독도를 아이들이 행복한 섬으로

신안 사람들이 '소금'만 먹고 살지 않듯이, 울릉도 사람이라 하여 '명이(산마늘)'만 먹고 살지는 않는다. 사람 사는 건 어디나 매한가지여서 기본적인 욕구도 거기서 거기다. 서울 사는 열 일곱 살 철수가 갖고 싶은 건 울릉도 사는 또래 영이에게도 그렇다.

제주도를 제외한 대부분의 섬사람들이 그렇게 마련이듯이 울릉도 사람들도 의료, 교육, 문화·예술 분야에 결핍을 느낀다. 의료, 교육 쪽은 시장, 즉 인구에 따라 결정되므로 어차피 육지의 도시로 나가서 해결할 수밖에 없다. 오히려 영화 보기와 같은 사소한 일들이 더 어렵다. 영화 한편 보기 위해 왕복 열 시간 넘게 배를 탈 수는 없지 않은가.

일반적으로 문화라 하면 세련된 것, 특히 예술 영역에 국한하는 경향이 있다. 물론 예술이 문화의 저변 가운데 중요한 자리를 차지하지만 절대적 요소는 아니다. 그보다 더 중요한 건 삶 속의 문화, 삶의 결을 이루는 문화다. 특히 울릉도처럼 특수한 지역의 경우, 공동체의 결속력과 자긍심을 높여줄 지역 문화 가꾸기가 더욱 중요하다.

2014년 1월 3일 경상북도 문화관광체육국장으로 자리를 옮겼다. 독도 수호와 직접 관련된 일을 하는 자리는 아니었지만 직감적으로 한 생각이 떠올랐다. 울릉도에 문화·예술 관련 단체가 하나도 없다는 사실이었다. 문화·예술 단체가 생긴다 해서 갑자기 주민들의 문화적 향유 기회가 늘어나는 건 아니겠지만, 주민들의 공동체성을 강화시키고 울릉도의 정체성을 지켜나가는 구심체 역할은 해낼 것이라는 생각이 들었다. 또 한 가지, '사람'을 통하여 울릉도의 과거와 미래를 잇는 서사(敍事)를 구성하는 일이었다. 우선 멍석을 까는 일부터 시작하기로 했다. 〈이경종 작은도서관〉과 〈사단법인 울릉도아리랑〉이 그것이다.

아이들이 행복한 울릉도 섬을 기대하며.

〈이경종 작은도서관〉에서 '사람의 길'을 찾다

올 겨울 천부에서 도동항까지 이경종 선생님이 걸었던 길을 걸었으면 싶다. 가능하다면 선생님의 기일인 1월 17일이었으면 좋겠다.

이경종 선생님이 어떤 사람이었는지에 대해서는 앞 장 '독도를 지켜온 사람들'에서 얘기했으므로 여기서는 앞으로 이곳을 어떻게 활용할 것인지에 대한 나의 꿈을 털어놓아 볼까 한다.

〈이경종 작은도서관〉은 울릉도 최초의 작은 도서관으로 경상북도와 울릉군이 힘을 모아 지을 예정이다. 기본적으로 이 도서관을 세운 목적은 이경종 선생님을 추모하고 지역민들에게 문화적 향유 기회를 제공하기 위해서다. 말 그대로 이 도서관의 규모는 작다. 하지만 나는 이 도서관을 세상에서 가장 큰 도서관으로 만들고 싶다. 가능하다고 생각한다.

외부에서 관광객이 꼭 들러보는 명소가 되었으면 좋겠다. 관광 상품을 만들겠다는 것이 아니다. 이곳에 예쁜 그림엽서를 비치해 두고 선생님께 또박또박 연필로 쓴 편지를 쓰게 하고 싶다. 부모와 아이가 함께라면 아이는 선생님, 부모는 학창 시절의 은사께 편지를 쓰는 풍경. 상상만으로 즐겁다. 시도교육청의 '스승 찾기' 프로그램을 활용하면 된다. 당연히 '독도우표'를 붙인다. 도서관의 한쪽 벽면이나 아니면 파일북 형식으로라도 그 동안 발행되었던 독도우표를 보여주었으면 한다.

해마다 오월이면 이곳에서 '스승의 날' 행사를 열었으면 좋겠다. 울릉도의 모든 선생님과 학생들이 모이기 어렵다면 천부면 관내 학교만이라도 이곳에서 스승의 날을 기렸으면 한다. 학생들이 쓴 편지와 시를 읽고, 스승의 은혜를 노래 부른다면, 참 아름다울 것 같다.

울릉도에 첫눈이 오는 날 〈이경종 작은도서관〉에서 시낭송회를 열고 싶다. 시의 주제는 '아름다운 겨울 울릉도'가 적당하지 싶다. 유난히 많은 눈이 내리는 울릉도에서, 첫눈을 축복으로 여기고 축제일로 삼는다면 겨울이 한결 따듯하게 느껴지지 않을까? 이것이 문화의 선동력⑦이다.

가끔씩 작은 음악회를 열고 싶다. 본격적인 오징어잡이 철이 시작되기전, 추수가 끝난 다음 할머니 할아버지를 모신 자리에서 '울릉도 아리랑'이독도까지 울려 퍼지는 풍경은 얼마나 근사할까.

〈이경종 작은도서관〉에서 출발하여 천부초등학교, 안용복기념관, 나리분지 기슭, 내수전, 저동항, 도동항에 이르는 '걷는 길'을 만들고 싶다. 길 이름은 '이경종 선생님 길'. 길의 의미를 두고라도 울릉도의 아름다움을 양껏느끼는 길이 될 것이다. 날씨가 좋다면 안용복 기념관에서 독도를 바라보는 행운을 누리게 될지도 모른다. 교육대학생들이 이 길을 걷는다면 또 얼마나 좋을까. 그것도 한겨울 눈 쌓인 길을.

여름에는 이곳에서 울릉도 아이들과 육지 아이들이 함께하는 '어린이바다 글쓰기 학교'를 열고 싶다. 아이들이 바다에 관한 동시와 동화를 읽고, 시와 이야기를 만들어 보게 한다면, 훗날 이 아이들 가운데 '15소년 표류기'와 같은 이야기를 만드는 작가가 나올지도 모르겠다.

이 모든 일들이 꿈같은 얘기로 들릴 것 같기도 하다. 결코 나는 그렇게생각하지 않는다. 안용복기념관, 울릉도·독도해양연구지지, 울진의 국립해양과학교육관 등의 계획도 아이디어 단계에서는 대부분 꿈 같이 여겼지만 이루어졌다. 물론 위의 계획들 모두 이룰 힘은 없다. 하지만 몇 개라도그렇게 된다면, 울릉도·독도의 미래는 달라질 것이다. 그래서 〈울릉도 아리랑〉 모임에 거는 기대가 자못 크다.

울릉도 사람들, '독도아리랑'을 노래한다

2014년 3월 28일 사단법인 울릉도 아리랑을 발족했다. 예술법인 형태로 설립된 울릉도 최초의 문화·예술 단체다. 이 단체의 설립 목적은 울릉도 아리랑 복원, 전파 그리고 지역 문화·예술 발전에 기여하는 것이다. 직업적인 문화·예술인이 발붙이기 힘든 곳에서 이 단체가 무엇을 할 수 있을까, 하고 생각한다면 문화·예술의 의미를 너무 좁게 해석한 것이다. 최상급 예술가의 존재, 세종문화회관이나 예술의 전당 무대에 오르는 공연도 중요하다. 세상을 어루만지고 시대정신을 고양한다. 이에 비해 기층의 문화, 생활 속의 문화는 지역 사회의 공동체성을 강화하고 구성원들의 삶을 건강하게 한다. 과거에는 지역마다 이런 문화가 생동했다. 요즘처럼 사회의 모든 부분이 전문화, 세분화 하면서 지역 문화가 쇠퇴해 버렸다.

〈울릉도 아리랑〉은 울릉도의 기층문화, 생활문화의 자생력을 회복하는 데 구심체가 될 것이다. 오히려 육지에 비해 유리한 점도 많다. 섬의 특성상 지역 정체성이 비교적 선명하고 지역 주민들의 결속력도 강하다. 도시나 육지에 비해 생활 방식이 단순한 것도 강점이다. 울릉한마음회관에서 열린 '울릉도 아리랑 창립 기념 음악회'에서 이미 그 가능성을 확인했다. 울릉북중학교 색소폰, 기타 동아리의 연주와 다문화 가족 합창이 그것이다. 주민들이라 하여 미술, 시낭송(문학), 책읽기, 합창, 울릉도 전통요리 동아리를 만들지 못할 이유가 없다. 씨―카약과 같은 해양 스포츠 관련 동아리의 활성화도 기대해 볼 만하다.

흔히들 아리랑의 종류는 50여종, 사설은 6천여 수라고 말한다. 시원설도 다양하지만 딱히 유력한 설은 없다. 그러나 이 노래가 우리 민족의 노래이고 창작자 또한 우리 민족 공동체라는 것은 확실하게 말할 수 있다.

울릉도 아이들과 함께 (사)울릉도 아리랑 창립 기념 음악회(2014.3.28).

문화가 있는 울릉도를 위해 (사)울릉도 아리랑 회원들과 함께.

한반도 어디서든 누구나, 아니 해외라 할지라도 한민족이 사는 곳이면 만들고 불렀던 노래가 아리랑이다. 지금도 만들어지는 노래다. 이런 노래라면 마땅히 울릉도도 있어야 한다. 이렇게 본다면 '울릉도 아리랑'이라는 단체 이름은 절묘한 구석이 있다. 언제나 민족의 애환과 함께했던 노래가 아리랑인즉, 일제의 한반도 침략사에서 가장 먼저 상처를 입은 독도의 상처를 어루만지고, 지키고, 품어야 하는 울릉도의 아리랑은 민족자존의 노래여야 한다. 오늘의 현실을 반영한 새로운 울릉도 아리랑, 여러 가지 사설의 '독도 아리랑' 창작도 기대해 본다. 이를테면 독도의 사계절, 독도의 동식물, 독도의 역사를 주제로 한 다양한 아리랑이 나왔으면 좋겠다는 얘기다. 아리랑은 본래 그런 노래다. 끝없이 새로이 만들어지는 생물과 같은 노래다.

개인적인 욕심일지 모르겠지만 (사)울릉도 아리랑에 거는 기대는 또 있다. 〈이경종 작은도서관〉 운영에 참여하는 것이다. 프로그램 개발이나 행사 진행에 〈울릉도 아리랑〉 모임이 주도적으로 나선다면 낙후 지역 문화 활성화의 이상적인 사례가 될 것 같다.

독도를 향해 쳐라, 리조트 라페루즈(La Perouse)

울릉도에 새로운 개념의 리조트가 생겼다. 나는 이 리조트가 울릉도의 문화와 울릉군민의 행복지수를 높이는 데 상당한 역할을 할 것이라 생각한다.

전국에 리조트가 하고 많은데 울릉군민의 행복지수까지 들먹일 건 아니라고 할지 모르겠지만 라페루즈는 여느 리조트와 다르다. 전국 대부분의 리조트는, 골프장이 그렇듯이 인근 주민들의 삶은 거들떠보지 않는다. 지자체의 세수나 지역 전체 관광 수익 증대에는 도움이 되지만 인근 주민에게는 별로다. 피해를 주거나 위화감을 조성하지만 않아도 다행이다.

라페루즈는 객실을 제외한 리조트의 핵심 시설을 울릉군민 전체에 내놓음으로써 울릉도 주민들이 생태연못공원과 야구장을 갖게 됐다. 약간의 설명이 필요한 대목이다.

라페루즈는 숙박시설 외에 베이스볼 캠프(야구장), 울릉도 특산식물로 조경한 산책로와 울릉도 수생 식물을 관찰할 수 있는 생태 연못을 갖춘 공원으로 이루어진 복합 공간이다. 라페루즈는 숙박 시설을 제외한 모든 공간을 지역 주민이 자유롭게 드나들게 한다.

믿기 힘들겠지만 울릉도에는 사회인 야구단이 6개나 된다. 상당히 앞선 레저 스포츠 문화가 형성된 곳이 울릉도다. 라페루즈는 이들 울릉도 생활 야구팀에게 야구장을 무상으로 개방한다. 약 2천 평의 생태연못공원은 공원이 전무한 울릉도에서 주민들이 외지인들과 소통하면서 즐기는 특별한 휴식처가 될 것이다. 라페루즈는 지역민들에게 그림의 떡이 아니다. 라페루즈의 특별함은 여기서 그치지 않는다.

라페루즈의 특별함은 입지에서 정점을 이룬다. 라페루즈에서 동해를 바라보면 독도가 맨눈에 들어온다. 이곳을 찾는 누구에게나 독도가 우리 땅임을 실감한다. 라페루즈는 영토 개념을 꼿꼿이 세운다. 외국인들에게도 독도가 한국 땅임을 부드럽게 각인시킨다. 독도뿐만 아니라 일출 일몰을 한곳에서 조망하게 하니, 그 입지는 가히 환상적이다.

라페루즈라는 리조트 이름은 영토 개념을 확고히 하려는 의도의 직접적인 표현이다. 라페루즈는 서양인 중에 울릉도를 최초로 목격한 프랑스 탐험대를 이끈 사람의 이름이다. 프랑스 해군 제독 출신인 라페루즈는 은퇴 후 프랑스 국왕 루이 16세의 명을 받아 아메리카 대륙 북부, 아시아 대

리조트 라페루즈.

리조트 라페루즈에서 울릉 사회인 야구단 야구시합.

류 특히 조선의 동해안, 타타르 해안, 일본의 홋카이도, 쿠릴열도, 캄차카 반도 등을 관측 조사하는 탐험에 나섰다. 탐험대가 붙인 울릉도의 이름은 다줄레(Dagelet)였다. 다줄레는 탐험대원 중 울릉도를 가장 먼저 발견한 천문학자의 이름이다. 이때부터 1950년대까지 150여 년 간 서양 지도에는 이 이름이 사용되었다.

라페루즈 탐험대가 울릉도를 발견하고 다줄레로 명명한 날은 1787년(정조 11) 5월 29일이었다. 조선이 울릉도를 빈 섬으로 관리할 때였다. 조선은 이른바 수토정책이라 하여 1416년부터 1883년 개척을 시작할 때까지 울릉도에서 사람이 거주하는 것을 금했다. 물론 그저 버려두지는 않았다. 때때로 관리를 보내 주민 현황과 물산을 조사하고 주민을 데리고 나오는 통치 행위는 했다. 바로 이 시기에 라페루즈 탐험대가 울릉도를 관측하고 기록을 남겼다.

〈라페루즈의 세계 탐험기〉는 프랑스 국왕 루이 16세의 명에 따라 1797년 프랑스 국립인쇄소에서 출판됐다. 탐험기에 기록된 울릉도에 관한 내용은 상당히 구체적인데 그 요점은 이렇다. 좋은 재목이 풍부한 울릉도에서 두 무리의 '조선인 목수들'이 움막을 짓고 살면서 배를 만드는 중이었는데, 중국 배와 모양이 똑같았다는 것이다.

라페루즈가 남긴 기록의 의미는 자못 크다. 조선 정부에서 수토 정책을 펼 때도 울릉도는 한국인(조선인)이 살던 한국 땅임을 증명해 주는 객관적인 증거이기 때문이다. 울릉도가 우리 땅이면 그 부속섬인 독도 또한 우리 영토임이 자명하다.

리조트 라페루즈 야구장에서 공을 치면 독도를 향해 날아간다. 우리 땅에서 우리 마음대로 놀겠다는 발상이 재미있다. 겨울 쾌청한 날, 라페루즈

정원에서 독도를 바라보며, '독도를 위한 작은 청소년 음악회'가 울려 퍼지기는 날도 기대해 본다.

리조트 라페루즈는 후안무치한 일본에 대한 아주 유쾌하고도 신사적인 응대다. 일본이 이 '해학'을 알기나 할까만.

세계의 요트, 독도 앞바다의 물살과 바람에 입맞추다

2014년 10월 5일 10시 경, 나는 동해 신령에게 절을 올렸다. 내가 절을 올린 곳은 경상북도 울진군 기성면 구산리의 '대풍헌'이다. 이곳에서 울진군수의 집전으로 세계인들과 함께 독도 앞바다를 유영하는 '2014 코리아컵 국제요트대회'의 원만한 진행을 위한 안전 기원제를 올렸다.

대풍헌은 조선시대에 울진군 기성면의 구산항에서 울릉도로 출발하는 수토사들이 순풍을 기다리며 머물던 곳이다. 정확한 건립 연대는 확인할 수 없지만 1851년(조선 철종 2)에 중수하고 '대풍헌(待風軒)'이라는 현판을 걸었다는 기록이 남아 있다. 현재 건물은 2010년에 해체 복원한 것으로 마을 사람들의 집회장으로 사용되고 있다(울진군은 대풍헌 수토사 기념공원을 조성 중에 있음).

대풍헌은 울릉도·독도 역사에서 아주 의미가 깊은 곳이다. 이곳에 보관된 소장 문서(문화재자료 제511호)는 조선시대에 국가에서 구산동민에 보낸 관찬 문서로 '조선왕조실록'에 나오는 삼척 진장과 월송 만호가 번갈아 가며 울릉도를 수토한 내용을 상세히 밝혀 주는 귀중한 사료다. 대풍헌의 존재는 조선 정부 수토(搜討)가 사실상 수토(守土)였음을 말해준다. 공도(空島) 정책을 표방하기는 했으나 실제로는 지속적으로 통치 행위를 했던 것이다.

'2014 코리아컵 국제요트대회'는 올해로 일곱 번째이지만 그 의미가 각

울진에 조성중인 대풍헌 수토사 기념공원 조감도.

울릉군 대풍감.

별하다. 독도를 한 바퀴 도는 '독도 인쇼어(inshore, 연안)' 경기가 펼쳐졌기 때문이다. 일본의 눈치를 보지 않고 미국, 러시아, 캐나다, 페루, 뉴질랜드 등 총 16개국 21척, 168명의 선수들이 우리의 동해를 가로지르고 독도를 도는 레이스를 펼쳤다. 10월 10일 항해 거리 1,000㎞에 도전했던 선수들은 무사히 출발지인 후포항으로 돌아왔다.

이번 코리아컵 국제요트대회는 가장 아름답고 평화적인 방법으로 우리 땅 독도를 세계에 알렸다. 앞으로 독도에서 국제수중촬영대회도 개최해서 독도의 아름다운 해양 생태계를 전 세계에 알려야 한다. 이런 방식의 독도 향유는 지속적이어야 하고, 궁극적으로는 독도 유인도화로 이어져야 한다. 정부에서 일본 눈치가 보이면 경북도와 울릉군에 맡기면 된다. 이번 코리아컵 국제요트대회도 대한요트협회가 주관하고 코리아컵대회 조직위원회와 경상북도(울진군, 울릉군)가 주관했다. 어차피 일본은 독도를 경유하는 코리아컵 국제 요트대회에 참가하지 않는다. 이번 대회도 일본 국적의 팀은 참가하지 않았다. 그렇다고 국제대회의 위상이 흔들리지는 않는다.

'다다미방'에 꾸린 '울릉 역사문화체험센터'

어린 시절, '적산 가옥'이라는 말을 들어 본 적이 있다면 적어도 40대 이상일 것이다. 70년대까지만 해도 전국의 면소재지 이상 지역에서는 더러 적산 가옥이 남아 있었다. 일제강점기 때 번성했던 도시의 중심지, 시장통 특히 항구 주변에 많았다. 일제강점기 때 일본인들이 살던 집. 그것을 우리는 적산 가옥이라 불렀다. 참 슬픈 이름이다.

1945년 8·15 광복 후 미군정은 한반도에 있던 일제(日帝)나 일본인의 재산 즉 적산(敵産)을 미군정에 귀속시켰고, 1948년 정부 수립과 함께 한국 정부에 인계했다. 이들 적산은 국공유화된 것을 제외하고는 대부분 미군정기와 이승만 정부 초기에 불하되었다.

한일병탄 전인 1909년에 이미 일본인의 수가 223호 736명에 이른 울릉도에 적산 가옥이 없을 리 만무하다. 더욱이 울릉도는 일제가 집요하게 탐하던 목재가 풍부한 곳이었다. 바로 그 나무로 일본인이 지은 집이 100년 세월을 넘어서도 거의 본래 모습 그대로 울릉도의 근현대사를 증언하고 있다. 〈울릉도 도동리 일본식 가옥(등록문화재 235호)〉이 그것이다.

2006년 3월 2일 울릉도 도동리 일본식 가옥이 문화재로 등록될 당시의 이름은 〈울릉도 도동리 이영관 가옥(구 일본인 가옥)〉이었다. 문화재로 등록된 이후 2008년 문화재청이 사들이고 문화유산국민신탁을 관리자로 지정했다. 2009년 10월부터 문화재청, 경상북도, 울릉군이 보수정비공사를 하여 2010년 8월에 공사를 마무리한 다음 〈울릉도 도동리 일본식 가옥〉으로 이름을 바꾸었다. 그 이유는 역사 인물이 아닌 경우 문화재 명칭으로 사용할 수 없고, 소유 주체가 문화재청으로 바뀌었다는 것이었다. 문화유산국민신탁은 이곳을 일제의 울릉도 침탈을 보여주는 전시 공간을 겸한 카페로 탈바꿈시키고 2011년 '울릉 역사 문화체험센터'의 문을 열었다.

울릉 역사문화체험센터의 물리적 뼈대는 일제에 의한 울릉도의 수난을 생생하게 증언한다. 1910년대에 이 집을 지은 일본인 사카모토 나이지로는 제재업(製材業)으로 부를 쌓은 사람이었다. 말이 좋아서 제재업자지 사실은 한일병탄 전에 이미 울릉도의 나무를 무수히 베어낸 '도벌꾼'이었다고 봐야 한다. 사카모토 나이지로는 고리대금업자로도 알려져 있는데 실은 한일병탄 이후 조선총독부가 울릉도에서의 도벌을 금지한 것에 따른 불가피한 선택이었을 것이다. 어쩌면 더 이상 벨 나무가 없었기 때문이었는

지도 모른다. 조선총독부가 1919년 울릉도를 산림보호구로 지정하고 산림 보호와 함께 식목 사업을 한 것을 보면 그리 무리한 추정은 아닐 것이다.

울릉도 도동리 일본식 가옥에 쓰인 나무는 솔송나무, 섬잣나무, 느티나무가 주라고 한다. 일본에서 가져온 삼나무 목재를 제외하고 솔송나무와 섬잣나무는 울릉도를 울울창창하게 한 주인공이었다. 일본인에 의한 남벌만 아니었으면 지금도 울릉도에서는 아주 흔한 나무일 것이다. 물푸레나무의 경우, 1900년 3월 울릉도의 도감 배계주의 보고에 따르면 1899년 7~8월에 걸쳐 도벌한 재목이 1천 주에 이르며, 이 나무의 대량 도벌을 저지하는 도감을 위협할 정도였다고 한다. 우리나라에서는 울릉도에만 자생하는 솔송나무는 지금 울릉도 서면 태하리에서 섬잣나무, 너도밤나무와 함께 천연기념물 제50호로 지정되어 보호받고 있다.

울릉도를 푸른 섬으로 만든 솔송나무와 물푸레나무를 베어 지은 일본인 가옥을 문화재로까지 지정하여 보전할 필요가 있을까, 하는 의문을 제기하는 사람도 있을 것이다. 자연스런 물음이다. 이에 대한 가장 흔한 대답이 일제의 울릉도 수탈을 생생히 보여주는 역사적 자료이고, 쓰리고 아프고 부끄러운 역사도 우리의 역사이므로 껴안아야 한다는 것이다. 옳은 말이긴 한데 왠지 허전하다. 그런 이유라면 이곳 말고도 많다. 조금은 피학적이고, 구차하게 들리기도 한다.

나는 일본식 가옥을 역사 문화 공간으로 탈바꿈 시킨 아이디어는 여유와 자신감이라고 생각한다. 특히 2층을 다다미방으로 꾸며 '카페'로 활용한 역발상은 시쳇말로 '신의 한수'다. 일본인이 지은 집에서, 다다미에 앉아 커피와 차를 마시며 일본인이 울릉도를 어떻게 유린했으며 독도의 강치를 어떻게 죽였는지를 생각한다? 지금 우리의 경제적 문화적 역량이 일본에 대한 단순한 분노와 자조(自嘲)를 능히 뛰어넘을 수 있기에 가능한 일이다. 굳이 이이제이(以夷制夷)라는 병가의 언어를 쓰고 싶지는 않지만, 자조적이지 않다는 의미에서 문화적인 이이제이다.

울릉 역사문화체험센터는 한일관계사의 통시적, 공시적 조망처로서도 의미가 크다고 생각한다. 울릉도를 통해서 일본의 오랜 한반도 침탈사를 살필 수 있고, 독도를 지키기 위해서 지금 우리가 무엇을 해야 하는지는 성찰하게 한다.

다 알듯이 일본의 한반도 침탈은 고대에서부터 지속적으로 이루어졌고 임진왜란으로 한 획을 그었다. 그 연장선상에서 일제는 한반도를 강점했다. 일제강점기 때 한반도 어디든 일제에 수탈되지 않은 곳이 없었지만 울릉도는 더 심했다. 울릉도만을 떼어 볼 일은 아니지만, 우리가 상식적으로 생각하는 수준 이상이었다는 것을 아는 사람들이 많지 않은 것 같다. 신라 이후 우리의 국토관이 육지로 한정되었고 산업화 과정에서도 조선과 수산업 외에 해양 특히 해양과학의 중요성을 몰각한 것이 가장 큰 이유일 것이다.

일제강점기 초기부터 울릉도는 일본인이 점유하다시피 했다. 1914년 울릉도의 인구는 1,899호 10,361명이었다. 이 가운데 일본인은 428호에 1,404명이었다. 각각 23%, 14%를 차지한다. 울릉도의 현재 인구가 10,673명(2012. 12. 31. 기준)임을 감안하면 실로 엄청난 수였음을 알 수 있다. 1912년 서일본기선회사는 부산~울릉도를 오가는 선박을 월 4회 취항시켰다. 1927년에는 신조여객선이 일본 경유~울릉도~부산을 연결하는 삼각항로를 열었다. 그만큼 일본 사람들이 많이 살았다는 얘기다. 이것이 무엇을 의미하는가. 초기에는 목재, 이후에는 풍부한 수산자원과 강치가 그들의 주머니를 두

독하게 했다는 것이다. 현재 일본의 독도 침탈 야욕도 마찬가지다. 어렵게 생각할 일이 아니다. 독도 해역의 해저자원과 배타적경제수역(EEZ)을 확보하기 위해서다. 그런데 우리는 독도종합해양과학기지 건설 계획마저 백지화시켰다.

1910년대에 지어진 울릉도 도동리 일본식 가옥은 해방 후 이영택 씨가 불하받았다. 이영택 씨는 2년 후 작고, 그의 부인이 생계를 위해 4년 정도 포항여관을 운영했다. 이후 6·25 전쟁 때 피란을 온 이영택 씨의 동생 이영관 씨가 해산물사업을 위해 울릉도에 안착하면서 1954년에 집을 인수하고 가정집으로 고쳤다. 이영관 씨는 문화재청으로 소유권을 넘긴 2008년까지 54년간 이 집에서 살았다.

울릉도 도동리 일본식 주택이 원형을 잃지 않은 것은 이영관 씨의 공이 크다. 집 지을 땅이 귀한 울릉도 도동의 금싸라기 같은 땅을 지키기가 쉽지는 않았을 것이다. 그분인들 왜식 건물이 마냥 좋기만 했을까? 그 집을 헐고 상업용 건물을 지으려는 사람들로부터의 유혹도 많았다. 하지만 그는 오히려 문화재청을 설득하여 문화재로 지정받았다. 사물을 한낱 재화로만 보지 않는 사람만이 가질 수 있는 혜안이 오늘 우리에게 울릉도의 역사 문화를 조감하고, 독도를 왜 지켜야 하는지를 깨닫게 하는 역사 교육장을 선물한 것이다.

울릉 역사문화체험센터는 현재 동네 사람들의 문화 사랑방으로, 여행자에게는 요긴한 여행 정보를 제공하는 곳으로도 듬뿍 사랑을 받는다. 가끔씩 커피와 차를 마시면서 이곳의 매니저로 일하는 허순희 씨의 아코디언 연주도 들을 수 있다. 서울과 안동에서 초등학교 교사로 일하던 그이는 4년 전 여행을 왔다 울릉도에 반해 아예 가족들과 함께 눌러앉았다. 과거

울릉 역사문화체험센터.

울릉 역사문화체험센터 매니저 허순희씨의 아코디언 연주.

교사 경력과 문화재 해설사로서 뛰어난 능력이 그를 울릉 역사문화체험센터의 매니저로 만들었다.

일제강점기 때 일본인이 지은 다다미방에서 커피와 차를 마시며 울릉도와 독도의 수난사를 돌아보고, 독도의 미래를 위해 우리가 해야 할 일을 성찰한다는 것. 이것이 문화의 힘이다.

우리 정부에 의해 우리 땅에서 유배당한 독도, 〈울릉도·독도학 사전〉으로 복권

'언어는 존재의 집(하이데거)'이라면 문화의 마지막 거처이기도 할 것이다. 비슷한 의미에서, 사전은 문화의 고향집이다.

일제강점기 때 우리는 말과 글을 빼앗겼다. 우리의 문화도 집을 잃고 떠돌아야 했다. 1945년 8월 15일 해방과 함께 우리의 말과 글을 찾았지만 문화가 제 집을 찾는 데는 오랜 시간이 걸렸다. 아직 떠도는 것들도 많다. 그것들은 청산되지 않은 식민지 문화의 잔재와 함께 배회한다.

일본의 독도 영유권 주장은 과거 한반도 침탈의 정당화를 넘어 아직도 우리가 식민지 상태임을 강변하는 것이나 다름없다. 그런데도 우리 정부는 아직도 조용한 외교를 고수하고, 독도의 유인도화를 미룬다.

독도는 지금 우리 땅에서 우리 정부에 의해 유배당한 상태다. 우선 독도를 문화적, 학술적 방법으로 복권시키고 싶다. 〈울릉도·독도학 사전〉이 그것이다. 울릉도·독도의 역사, 경관, 지질, 육상·해양 생태, 주민생활사를 망라한 사전이다. 박물학적 접근이 아니라 영토 주권의 관점에서 독도의 정체성을 정립하는 개념의 사전이다. 영문판으로도 제작하면 좋을 것이다.

〈울릉도·독도학 사전〉은 우리 국민의 독도 수호에 대한 확고한 의지와 애정을 세계인들에게 밝히는 일이 될 것이다. 정의와 평화의 편에 선 사람들이라면 우리 사랑의 증인이 되어 줄 것이라고 믿는다.

아무리 아름답고 많은 사람들이 사용한다고 해도 모든 말들이 사전에 오르지는 못한다. 국어로서 합당한 자격을 갖추어야 한다. 〈울릉도·독도학 사전〉 발간은 독도의 완전한 주권 선언이 될 것이다.

2. 울릉도·독도를 세계인이 사랑하는 녹색섬, 평화섬으로

독도는 우리 국토의 막내가 아니다. 만약 우리에게 독도가 없다면 동해는 그야말로 망망한, 그래서 막막한 바다였을 것이다. 우리 국토에서 아침 햇살이 가장 먼저 닿는 곳, 독도. 독도가 동해의 울타리가 됨으로써 우리 땅은 동해를 품에 안는다. 그리하여 동해는 우리의 바다이다.

독도는 외로운 섬이 아니다. 독도가 없었다면 정녕 외로운 것은 우리 국토였을 것이다. 해안선이 복잡하고 섬이 많은 남서해역과 달리 동해에는 섬이 드물다. 울릉도와 독도가 없다면 동해는 우리에게 '든바다' 즉 내해(內海)로 한정되고 말 것이다. 독도는 대양과 우리를 연결하는 고리다. 독도가 비록 지리적으로는 울릉도의 부속 섬이지만 우리 국토와 동해의 관계 위상으로 보자면 국토의 맏형이다.

독도는 우리 국토의 맏형이다. 실제로도 상징적 의미로도 그렇다. 가세가 기울면 맏이가 나서서 가족을 지키거나 먼저 희생한다. 우리 역사에서 독도가 그랬다. 독도는 일본의 한반도 침탈 과정에서 첫 번째로 희생되었다.

일제가 청일전쟁의 승리로 한반도에 대한 지배력을 강화하자 러시아가 견제에 나섰다. 일제는 한반도 지배에 걸림돌이 되는 러시아를 제거하기 위해 1904년 2월 9일 러시아함대를 공격하면서 러일전쟁을 일으켰다. 이 전쟁의 와중에서 일본 내각회의는 독도를 자국의 영토로 편입한다고 결정하고 시마네현에 관내(管內)로 고시할 것을 통고했다. 1905년 2월 22일 시마네현은 독도를 다케시마(竹島)로 명명하고 '오키 섬 관아(隱岐島司)' 소관으로 한다고 하였다. 일본은 지금 이를 근거로 독도가 자국 영토라고 주장한다.

독도는 일본군 위안부와 함께 일본과 관련한 한국 근현대사의 가장 아픈 손가락이다. 만약 우리가 독도를 온전히 지켜내지 못한다면 주권국가로서의 대한민국이 부정된다. 뿐만 아니라 우리의 영해와 동해의 상당 부분이 일본의 손아귀에 들어간다.

일본의 독도 영유권 주장은 인류의 양심과 정의에 대한 테러다. 과거사 반성은커녕 과거 침략 전쟁과 한반도 식민 지배를 정당화하는 행위이기 때문이다. 따라서 우리는 독도 수호 차원에서 뿐 아니라 인류의 평화로운 미래를 위해서 일본의 반역사성과 호전성을 세계에 알려야 한다. 그것을 위한 좋은 방법의 하나가 울릉도·독도를 세계적인 생태섬, 평화섬으로 만드는 것이다.

울릉도·독도를 세계적인 생태섬, 평화섬으로 만드는 것은 독도 수호의 방편이도 하지만 울릉도·독도 사람들의 행복한 삶을 위한 최선의 방편이다.

트레킹 천국, 울릉도

울릉도는 허허바다에 솟아오른 화산섬이다. 대양도(大洋島)여서 육지나 대륙도(大陸島)와는 다른 독특한 경관과 생태계를 이루었다. 파도가 용암을 조각하여 만든 해안 절경, 울울창창한 성인봉의 숲, 화산 칼데라인 나리분지, 나리분지의 품에서 잠들었다가 서쪽 기슭에서 깨어나 샘솟는 추산 용출소 등은 울릉도만의 생태 경관이다. 특히 나리분지는 우리나라에서 가장 눈이 많이 내리는 곳이다. 많게는 3m 이상 쌓이기도 한다.

울릉도는 삼무(三無)의 섬으로 유명하다. 도둑, 공해, 뱀이 없어서 그렇게 불리는데 도둑과 공해는 여느 섬도 마찬가지이지만 '뱀'이 없다는 사실은 특별하다. 뱀이 없다는 건 울릉도가 간직한 비밀을 푸는 열쇠일지도 모른다. 사실 울릉도에는 뱀 말고도 육지에서는 흔한 동물 가운데 없는 게 많

중국 북경에 있는 한국문화원 독도홍보관.

189

다. 이동이 자유로운 새나 곤충은 있지만 쥐와 가축을 제외하고는 포유류가 거의 없다. 파충류와 양서류도 마찬가지다. 그런데 식물 종은 다채롭다. 흔히들 특산식물의 보고라고 한다. 그 까닭은? 이것이 울릉도의 생태계가 간직한 비밀의 핵심이다.

울릉도는 한 순간도 대륙과 연결된 적이 없는, 동해에서 솟아오른 대양섬이다. 조류나 곤충을 제외하고는 어떤 육지의 동물도 이곳까지 건너올 모험을 감행하지 못했다. 하지만 식물들은 달랐다. 해류를 타고, 바람에 날려, 혹은 새의 날개에 타고 와서 뿌리를 내렸다. 새로운 땅에 정착한 식물들은 이곳의 독특한 환경에 적응하게 위하여 수만~수백만 년 동안 갖은 노력을 기울였다. 그들의 노력은 성공적이었다. 560여 종의 식물이 정착했다. 이 가운데 울릉국화, 섬시호, 섬쑥부쟁이, 우산고로쇠 등 40여 종류는 울릉도 특산식물이다. 세계 식물학계는 울릉도를 진화생물학의 연구 대상지로 주목한다.

울릉도의 독특한 생태와 경관에 대한 가치는 세계의 눈 밝은 여행자들을 매혹했다. 세계 최대의 여행 가이드북 출판사인 〈론리 플래닛〉은 2011년 '세계 최고의 비밀의 섬(Best Secret Islands)' 10곳을 소개하면서 5번째로 울릉도를 소개하였다. 론리 플래닛 여행 가이드북은 여행자들에게 바이블로 통한다. 론리 플래닛은 울릉도를 이렇게 말한다.

"울릉도는 한국에서 가장 이상적인 여행지다. 순수한 지상낙원이어서 놀이공원이나 대규모 리조트를 찾는 이들에게는 그렇게 좋은 곳이 아닐지도 모른다. 하지만 쉬거나, 걷거나, 천천히 돌아가는 세상을 보기에는 좋은 곳이다. 울릉도는 고즈넉한 어촌이다. 여행자를 위한 식당과 숙소는 몇 개

되지 않는다.

울릉도는 걸으면서 돌아보기에 좋은 곳이다. 분주한 한국 여행 일정을 마치고 며칠간 쉬었다 가기를 원한다면 들러볼 만하다."

위의 글을 쓴 론리 플래닛의 작가가 울릉도의 전모를 제대로 표현했다고 보기는 어렵다. 하지만 울릉도는 그에게 충분히 매력적이었던 것 같다. 여기서 우리가 주목할 것은 울릉도의 자연 그 자체가 여행자의 마음을 사로잡았다는 점이다. 본질은 그것이다. 개발의 강도가 생태계의 균형을 잃게 할 정도여서는 안 된다. 또한 울릉도는 세계 굴지의 타이어 회사인 미쉐린에서 발행하는 여행 안내서 미슐랭 가이드에 소개됐고, CNN 자매 사이트 CNNgo에서는 울릉도를 세계적으로 해안도로가 아름다운 곳으로 꼽았다.

2011에는 울릉도·독도가 문화관광부와 환경부가 공동으로 선정한 10대 생태관광지에 포함됐다.(2010년 최초 선정 때는 울릉도·독도가 빠졌다. 이에 필자가 강력히 주장하여 10+α로 추가되었다.) 생태관광지는 한국 고유의 생태자원을 지속가능한 생태관광지로 활용할 모델을 제시하기 위해 선정한 것이다. 울릉도·독도의 생태관광지 대상 지역은 울릉도 성인봉 일대와 이중 화산 형태 및 칼데라 원형을 유지하고 있는 나리분지 일원, 해양 생태계의 보고인 독도 전역이다.

울릉도는 트레킹의 천국이다. 산, 숲, 해안 어디로 가든 수백만 년 세월이 빚은 자연의 신비를 느끼게 한다(필자는 트레킹의 천국, 울릉도 숲을 산불로부터 보존하기 위해 2008년 산림청에 국가 산불항공대 설치를 건의하여 2014년에 마침내 울진군 기성면에 산림항공관리소가 신설이 되었다.).

세계의 생태섬, 울릉도·독도

2011년 5월 울릉도·독도가 아시아 최초로 국제민간기구인 국제녹색섬 협회(ISLENET) 기구에 가입했다. 녹색섬은 화석연료를 대체해 태양광이나 지열, 풍력으로 에너지를 100% 자급자족하는 섬을 일컫는 개념이다. 국제 녹색섬협회에는 현재 유럽 지역 50여개 섬과 울릉도·독도가 가입돼 있다. 아시아에서는 울릉도·독도가 처음이다.

이제 울릉도·독도는 세계적인 생태섬, 녹색섬과 네트워킹을 해야 할 때 다. 울릉군에서도 군정 목표의 하나로 "세계 속의 울릉, 명품 녹색 관광 섬 조성!"을 내세웠다. 하지만 울릉군의 해외 자매결연 도시는 하나도 없었다 (다행히도 나폴레옹의 고향, 프랑스령 코르시카섬과 2015년 중에 자매결연 예정). 안양시, 삼척 시, 성남시 등과 결연 관계를 맺었을 뿐 국제화 추진 부서도 없다. 나는 대 한민국의 독도 실효 지배 현황과 일본의 제국주의적 영토 침탈의 실상을 세계에 알리기 위해서도 울릉도·독도의 국제화 노력이 절박한 상황이라고 생각한다.

울릉도에서 트레킹을 하려는 외국 관광객들이 증가하는데 군청이나 관 광안내센터에 외국어 서비스를 하는 사람이 하나도 없다. 간혹 울릉도에 도착하여 배에서 내릴 때 외국인 관광객에게 "민박"이라고 호객하는 주민 들을 보면서 느낀 것이 많다. 우선 공무원으로서 제 구실을 못하고 있는 것에 대한 자괴감이 든다. 그래서 나는 경상북도 환경해양산림국장으로 재임하던 2012년에 '울릉도·독도 트레킹센터' 설립 계획을 세웠다. 2013년 국제협력을 담당하는 투자유치본부장으로 자리를 옮겼을 때는 울릉도· 독도의 국제화를 위해 세계적인 생태섬과의 네트워킹을 추진했다. 먼저 대 양별 대표적 생태섬인 태평양의 팔라우섬과 갈라파고스섬, 인도양의 마다

가스카르섬 등과 지속 가능한 생태섬 보존과 공정 여행을 위한 교류 협력 체제를 구축하고자 했다. 가까운 시일 내에 '울릉도·독도트레킹센터'가 만들어지면 외국인들도 어려움 없이 우산국투어, 지오투어(지질 관광), 생태투어, 독도투어를 하게 될 것이다. 아울러 장기적으로 세계적으로 아름다운 생태섬들과 네트워킹하고, 트레킹 연계하는 상품도 공동 개발 운영하는 등 '세계적인 생태섬 트레킹본부'를 만들어 보는 것도 울릉도·독도를 국제화하는 데 큰 도움이 되리라 본다. 마침 문화관광체육국장으로 있을 때 2008년에 확정된 문화관광부 사업인 국토끝섬 관광자원화 사업이 계속 표류 중이었으나, 6년 만에 관철시켜 예산 150억을 확보하여 이 사업들이 탄력을 받을 전망이다.

울릉도·독도 국가지질공원

환경부는 2012년 12월 27일 울릉도·독도를 제주도와 함께 '국가지질공원'으로 인증했다. 국가지질공원으로 인증되면 유네스코 세계지질공원으로 인증 받을 수 있는 길이 열린다. 세계지질공원 인증의 선결 조건이 국가지질공원이기 때문이다. 울릉도·독도가 세계지질공원으로 인증되면 국제적 생태관광자원화는 물론 세계인의 눈에 독도가 명백히 우리 땅임을 각인시키는 효과가 따른다. 세계인의 시선을 독도를 지키는 울타리로 활용할 수 있게 된다는 얘기다. 울릉도·독도의 지질학적 가치부터 알아보자.

독도의 지질학적 가치는 해저산의 진화 과정을 고스란히 보여주는 세계적으로 보기 드문 곳이라는 점이다. 독도의 나이는 울릉도, 제주도보다 많은데 지금으로부터 약 460만 년 전~270만 년 전에 형성됐다. 울릉도 약 250만 년 전~1만 년 전, 제주도 120만 년 전~1만 년 전보다 훨씬 앞선다. 그

193

독도 동도 동쪽 구 선착장 부근. 한반도 지도 형상 바위가 보인다.

렇지만 나이 많은 것 자체가 중요한 건 아니다. 독도의 지질학적 가치는 오랜 시간에 걸친 해저산의 진화 과정을 고스란히 간직하고 있다는 점이다.

독도는 작은 섬이다. 하지만 그것은 독도의 극히 일부다. 물속에 잠긴 독도의 실체는 물위의 독도보다 훨씬 크다. 우리가 눈으로 볼 수 있는 면적만 따지면 울릉도가 72.86㎢로 독도 0.188㎢ 보다 약 390배 넓지만, 해저 땅덩어리의 면적은 울릉도와 독도는 유사한 규모이다. 사실 독도는 한라산보다 높다. 심해저에서 2,000m나 솟구쳐 오른 해산 봉우리가 독도인 것이다. 원래 독도는 동도와 서도가 하나의 봉우리를 이룬 원형의 화산섬이었으나, 오랜 세월에 걸친 파도의 침식으로 인하여 동도와 서도로 나누어졌다. 이처럼 심해저의 산이 수면 위로 드러난 경우는 세계적으로 드물다. 해저산의 진화 과정뿐 아니라 수면 위의 침식 과정을 살필 수 있는 귀

독도주변해저 입체지형도

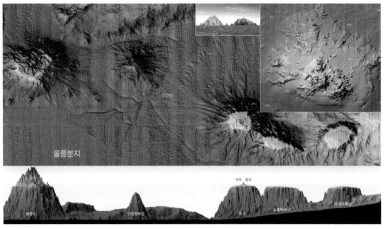

독도주변해저 입체지형도(자료:한국해양과학기술원).

중한 지질학적 자원인 것이다. 독도가 세계지질공원이 될 자격은 차고도 넘친다. 하지만 일본의 방해로 쉽지 않다. 그것에 관해서는 울릉도의 지질에 대해 알아본 다음 얘기하는 것이 좋겠다.

울릉도의 지질학적 위상도 세계적이다. 울릉도는 육지와 한 번도 연결된 적이 없는 대양섬이다. 이런 대양섬은 하와이 등 몇 안 될 정도로 세계적으로 드물다. 울릉도가 대양섬 가운데서 가장 젊다는 점도 울릉도의 지질학적 가치를 높인다.

울릉도의 형성 시기는 지금으로부터 약 250만 년 전~1만 년이다. 이렇게 형성 시기가 오랜 세월에 걸치는 것은 단 한 번의 화산 폭발로 이루어지지 않았기 때문이다. 울릉도는 최근 2만년 사이에 5번이나 분화하면서 오늘날의 모습을 갖추었다. 울릉도의 기반암은 현무암이나 조면암 같은 화산암이 대부분이다. 그런데 2004년 이화여대 김규한 교수팀이 이례적으로 대량의 화강암 조각을 발견했다. 방사성 동위원소 측정 결과 화강암의 나이는 62만년이었다. 이것은 기존의 최연소 화강암인 러시아 엘쥬타 화강암의 나이(280만년~100만년)보다 훨씬 젊은 것이다. 울릉도는 세계에서 가장 젊은 화강암을 보유하고 있는 셈이다.

울릉도·독도는 세계지질공원으로 인증 받을 충분한 자격을 갖추었다. 나는 2007년부터 울릉도·독도의 세계적인 생태섬 프로젝트를 추진해 오면서 그 전 단계로 세계지질공원 인증을 시도했으나 일본의 방해로 불가능하게 되었다. 독도를 제외하고 울릉도만으로 인증을 받은 다음 외국인들이 울릉도를 통해 독도를 가 보게 하자는 일부 실리론도 제시되었지만, 자칫 우리 스스로 독도 영토권을 포기하는 것처럼 비칠 수 있어서 접었다. 그래서 경상북도는 동해안의 울진-영덕-경주를 묶은 광역 지오파크 벨트를 세계지질공원에 등해한 후 자연스럽게 울릉도·독도를 편입시키는 방법 등 다각적인 준비와 노력을 하고 있다.

고백하건대, 울릉도·독도를 세계지질공원으로 인증받기 위한 우리의 노력은 일본에 비해서 부족했다. 일본은 오키 지오파크의 세계지질공원 인증을 추진하는 과정에서 제5차 유네스코 세계지질공원 회의를 유치했다. 2012년 5월 12일부터 3일간 일본 시마바라 지오파크에서 열린 이 회의에서 오키 지오파크의 세계지질공원 등재 안건이 통과될 것으로 예상했지만 무산됐다.

나는 오키 지오파크의 국가지질공원 인증 신청서를 입수했다.(세계지질공원으로 인증받기 위해서는 먼저 국자지질공원으로 지정돼야 한다. 한국 법도 같다.) 신청서를 검토한 결과 독도를 포함시키지는 않았다. 유네스코의 설립 정신상 분쟁 지

울릉도에서 가장 넓은 평지인 나리분지. 나리분지의 알봉은 국내에서 보기 드문 이중 화산.

역은 등재가 되지 않는다는 것을 잘 알고 있었기 때문이다. 그런데 그들은 그들 스스로가 파 놓은 함정에 빠지지 않으면서도 언젠가는 독도를 삼키 겠다는 의도를 교묘히 숨겨 놓았다. 오키 지오파크의 배경으로 '독도'를 언 급해 놓은 것이었다. 해석하기에 따라서는 독도가 오키 지오파크에 속한 것으로 오해할 소지가 있는 표현이었다. 당시 경상북도 환경해양산림국장 이었던 나는, 오키 지오파크 추진협의회 회장 마쓰다 가즈히사와 시마네 현 환경생활부 부장 앞으로 항의 공문을 보냈다. 2011년 12월 22일 경상북 도 환경해양산림국장 명의로 보낸 이 공문에서 나는 일본의 교묘한 태도 에 항의하는 한편 독도가 우리 땅임을 다시 한 번 강력히 주지시켰다. 항 의도 꼭 필요했지만 솔직한 내 속마음은 이 기회에 독도가 우리 땅임을 거듭 강조하려는 것이었다. 그 일부를 소개한다.

"오키제도의 일본국가지질공원(JGN) 등재 신청한 내용을 검토한 결과 오 키 지오파크의 지리적 배경에 독도(獨島, Dokdo)를 언급하여 대한민국 영토 인 독도(獨島, Dokdo)가 마치 오키 지오파크에 속한 것처럼 오해의 소지를 가 지게 한 것에 대하여 우리 도에서는 매우 유감스럽게 생각합니다.

따라서, 우선 경상북도의 아름다운 섬인 독도(獨島, Dokdo)와 관련된 내용 을 수정하여 주시고, 향후 오키 지오파크가 세계지질공원 등재시 또는 등 재 이후라도 추가로 오키 지오파크에 독도(獨島, Dokdo)를 포함할 것이라는 오해를 갖지 않도록 유념하여 주시기 바랍니다."

이처럼 일본은 독도를 자기 영토에 편입시키기 위해서 교묘한 방법으로 국제화 전략을 구사한다. 울릉도·독도를 세계지질공원, 세계자연유산으로 등재하는 데 앞서 국가지질공원의 격에 맞는 체계적인 관리를 통해 국민 들이 그 가치를 제대로 인식하고 향유하는 것이 더 중요하다. 이런 문화적

저변 위에서 세계 생태섬과의 네트워킹을 추진할 때 울릉도·독도의 국제화도 탄력을 받을 것이다.

울릉도·독도 국가지질공원의 면적은 울릉도·독도 전 지역이고 지질 명소로 지정된 곳은 죽암 몽돌해변, 관음도, 코끼리 바위, 저동과 도동의 해안산책로 등 울릉도 19곳, 독도 4곳^(독립문바위, 삼형제굴바위, 천장굴, 숫돌바위) 모두 23군데이다.

〈국립 울릉도 천연수목원〉에서 설국 음악회 '윈터 소나타'를 연다면?

울릉도는 '숲의 나라'이다. 역사 속에 등장하는 울릉도의 이름은 여러 가지다. 512년^(지증왕 13) 신라에 복속될 때 宇山國^(우산국) 또는 鬱陵島^(울릉도)라 불린 이후 芋陵島^(우릉도), 羽陵城^(우릉성), 于陵島^(우릉도), 武陵島^(무릉도) 등으로 불리다가 지금의 鬱陵島^(울릉도)로 굳어졌다. 절묘한 선택이라 하겠다.

울릉도에 관한 가장 오래된 역사 기록인 〈삼국사기〉의 기록을 다시 들추어 본다. "13년⁽⁵¹²⁾ 여름 6월에 우산국이 귀복하여 해마다 토산물을 바치기로 하였다. 우산국은 명주^(지금의 강릉)의 정동쪽의 바다 가운데 있는 섬인데 울릉도라고도 한다." 〈〈삼국사기〉 권4 신라본기 제4 지증마립간〉

밑줄 그은 부분의 원문은 "宇山國在溟洲正東海島 或名鬱陵島"이다. 울릉도의 숲을 얘기하는 자리에서 이름에 대한 언급이 길었다. 더욱이 원문까지 인용한 것은, 인용문의 내용이 울릉도의 지리 정보와 형상에 대한 사실적 묘사로 읽히기 때문이다. 이 문장의 맥락에서 '울릉도'라는 이름을 뜻으로 풀면, ^(바다 한 가운데 있는) '울울창창한 섬'이라 할 수 있겠다. 절묘하지 않은가. '울릉도'라는 이름은, '큰 나무들이 빽빽하고 푸르게 우거진 숲으로 이루어진 섬'을 일컫는 보통명사가 고유명사화 한 것으로 볼 수도 있다.

과거 울릉도가 얼마나 울창한 숲으로 이루어진 섬이었는지를 유추하는 일은 별로 어렵지 않다. 1270년 고려와 몽고의 강화 이후 고려는 몽고의 대목(大木) 공납 수요를 울릉도 나무로 충당했다. 조선시대에는 왜선들이 울릉도에 와서 배를 만들고, 고기잡이를 하고, 무수히 나무를 베어갔기 때문에 '왜선창'이라는 이름이 붙을 정도였다 한다. 임진왜란 이후 조선의 통치력이 약화된 때에는 공공연히 왜인들이 고기를 잡고 나무를 베어갔다.

1882년 울릉도 재개척령 공포 이전에도 동해 연안의 어민들이 자주 울릉도를 드나들었다. 그 목적은 고기잡이와 '벌목'이었다. 개척 무렵엔 이미 많은 일본인들이 벌목을 일삼고 있었다. 울릉도의 숲은 한일병탄 이전에 이미 일본인 벌목업자 손아귀에 들어 있었다. 1903년 울도군수 심흥택은 이러한 울릉도의 실태를 내부대신에게 보고했다. 울릉도에 사는 일본인의 호수는 63호인데 날마다 벌목하는 것이 한정 없어서 일본 순검을 통해 금하려 하였으나 일본 순검은 오히려 "이 섬에서 벌목한 것이 이미 10년이 지났고, 한국 정부와 일본 공사가 교섭하여 명령한 바가 없으므로 이를 금단할 수 없으니 귀 정부가 일본 공사와 협상하라"(인용문 울릉군지)고 할 정도였다.

울릉도 숲의 수난은 가히 국제적이었다. 고종이 러시아 공관에 거주하고(아관파천) 있을 때인 1896년 9월 9일 블라디보스토크의 상인 브린너는 조선 정부로부터 압록강, 두만강 연안과 울릉도의 벌채권을 얻었다. 러일전쟁 중 일본은 고종 황제에게 "이전에 한국과 러시아 두 나라 사이에 체결된 조약과 협정은 일체 폐기한다"는 것을 골자로 하는 '칙선서'를 강요했는데, '브린너의 벌채권'를 무효화시키는 내용도 포함되었다. 일본이 얼마나 울릉도의 나무에 눈독 들였는지를 알게 하는 대목이다. 울릉도의 산림이 백두산 일대만큼이나 울창했었다는 증언이기도 하다.

고대 이후로 울릉도의 숲은 수난의 연속이었다. 해방 이후는 더 나빠졌다. 일제강점기 때도 도벌은 엄격히 금지됐고 식목도 이루어졌지만, 해방 이후 6·25 전쟁을 거치면서 생존을 위한 남벌로 황폐화되었다. 비로소 1970년대부터 활발한 조림사업이 이루어졌다. 1980년대부터는 주민들의 생활방식이 현대화되면서 생계형 벌목도 줄어들었고, 1990년대에 들어서는 인위적인 산림 훼손은 거의 일어나지 않고 차츰 안정화되기 시작했다.

현재 울릉도의 숲은 다시 울창해졌다. 오랜 옛날과 같은 모습은 아니지만 그 모습을 되찾아가고 있다. 1970년대의 조림 사업에 울릉도 특유의 자연 환경이 감응한 것이다. 이제 우리가 화답할 차례다. 〈국립 울릉도 천연수목원〉 조성이 그것이다.

2008년 하영제 산림청장 재직 시 울릉도 산림자원의 중요성을 이야기하고 국립 수목원 설립을 건의했다. 하 청장은 직접 울릉도와 독도를 방문하고 사업 추진을 강력하게 지시했다. 그는 독도와 관련하여 특별한 경험을 한 적이 있었다. 내무부 교부세과장 근무 시 일본의 교부세과를 공식 방문했을 때, 일본 정부에서 우리나라 땅 독도에 매년 교부세를 배정하고 불용 처리를 한다는 사실을 알고 깜짝 놀랐다고 했다. 이런 경험 때문인지 하 청장은 울릉도·독도를 남다른 시각으로 보며 〈국립 울릉도 천연수목원〉 설립에 강한 의욕을 보였다. 그러나 산림청의 기본 구상 용역까지 추진된 상황에서 난관에 봉착했다. 국립 천연수목원 설립의 적지에 포함된 모 기업 소유의 땅 95ha와 산림청 소유의 국유지와 맞바꾸는 합의가 이루어지지 않은 것이다. 이후 대토 협의나 울릉도 주민들을 위한 기증 협의가 다시 진행되어 조만간 좋은 결과가 있기를 기대해 본다.

〈국립 울릉도 천연수목원〉은 성인봉과 나리분지의 산림유전자보호림

울릉도 북면 현포항.

울릉도 자연탐방.

일원에 자생식물원, 식물종보존연구센터를 세우고 자연탐방로를 조성하는 것이다. 사업비는 300억 원 정도를 예상한다. 울릉도 전체 면적의 77%가 산림 지역인데다 대부분 경사지여서 나리분지 말고는 다른 선택지가 없다.

〈국립 울릉도 천연수목원〉 조성의 당위성은 충분하다. 울릉도·독도의 특수성, 특히 '독도 수호'라는 명분은 차치한다 하더라도 국가의 미래를 위해 필요한 사업이다. 기후 변화에 대응하고, 생물자원을 보전하는 일은 화급한 국가적 과제다. '나고야 의정서'가 발효됐기 때문이다.

2014년 10월 12일 나고야 의정서가 발효됐다. 일부 언론은 '생물자원 전쟁'이 시작됐다는 과격한 표현까지 썼다. 과연 그런가?

나고야 의정서의 주요 목적은 생물 다양성 보전, 생물자원의 지속 가능한 이용, 생물 자원의 이용에서 발생하는 이익의 공유다. 쉽게 말하면, 생물자원을 이용해서 발생하는 이익을 자원 제공국과 자원 이용국이 공유하도록 규정한, 법적 구속력이 있는 국제 규범이다. 더 쉽게 말하면, 어떤 국가가 다른 국가로부터 생물자원을 수입, 신약을 개발하여 이익을 얻었다면 원료 값 외에 제품 판매로 얻은 이익도 자원 제공국과 공유해야 한다는 것이다. 부연하면, 생물자원 그 자체에 로열티를 지불하고, 생물자원 그 자체에 지적 재산권을 인정하는 국제적 약속이다.

나고야 의정서의 발효를 생물자원 전쟁의 시작이라고 말한 언론은 괜한 호들값을 떤 게 아니다. 원료의 70%를 해외 생물자원에 의존하는 제약, 화장품 업계는 잔뜩 긴장했다. 로열티가 3~5% 정도 선에서 결정될 때 바이오 산업계 전체로 보면 연간 최대 5,000억 원을 다른 나라에 더 지불해야 한다고 예상한다. 이미 우리나라는 해외 생물자원 사용 대가로 연간 1조 5,000억 원의 로열티를 지불하고 있다.

전문가들은 한국의 생물종을 10만여 종으로 추정하는데, 정부가 확인한 생물종은 4만 3,000여 종이 전부다. 나머지 5만 7,000여 종에 대한 '주권'을 주장하기 위한 기본 정보를 얻는 데만 약 30년이 걸린다는 것이 환경부의 예상이다. 이렇게 본다면 생물종 다양성과 특산식물의 보고인 울릉도야말로 바이오산업의 기초 연구 기지로 가장 적합한 곳이다. 〈국립 울릉도 천연수목원〉이 계획대로 설립되어 제대로 기능을 한다면 울릉도 주민보다는 국가가 더 큰 수혜자가 될 것이다.

나는 〈국립 울릉도 천연수목원〉이 고유 기능 이상의 역할을 할 것이라고 확신한다. 꿈 같은 얘기로 들릴지 모르지만, 한겨울 눈의 나라로 변한 나리분지에서 '윈터 소나타'라는 이름의 음악회를 열고 싶다. 한국 최고의 적설량이라는 악조건은 절정의 낭만으로 바뀔 것이다. 울릉도가 아니라면 어디서도 느낄 수 없는 행복, 〈국립 울릉도 천연수목원〉이 꽃 피울 것이다 (독도 영토수호를 위한 환경부 사업으로 〈국립울릉도·독도생태체험관〉도 확정되어 있으나 추진이 안되고 있음).

'맛의 방주'에 오른 울릉도 특산품과 독도 와인

멸종 위기로 내몰리는 것은 희귀 동식물만이 아니다. '맛'도 사라지고 있다.

맛이 사라진다는 것은 그 맛의 원천인 어떤 생물이 사라진다는 것이다. 맛이 사라진다는 것은 그 맛을 이어온 전통이 사라진다는 것이다. 맛이 사라진다는 것은 그 맛을 공유해 온 음식 문화가 사라진다는 것이다. 맛이 사라진다는 것은 그 맛을 함께 나누어 온 사람들이 사라진다는 것이다. 맛이 사라진다는 것은 그 맛이 연결해 준 공동체의 고리가 사라진다는 것이다.

맛은 기억이다. 그 속에는 추억이 담겨 있다. 지나온 시간이 담겨 있다. 무수한 반복을 통해 이루어온 행복의 에너지가 담겨 있다. 규격화된 음식에서 엄마 손맛을 느낄 수 없는 것은, 그 음식에는 기억이 없기 때문이다.

'맛의 방주(Ark of Taste)'는 슬로 푸드 생물다양성재단에서 진행하는 프로젝트다. 슬로 푸드 운동이 패스트 푸드의 상징인 맥도날드의 '음식 제국주의'에 대한 반대에서 출발했지만 단순히 '천천히, 좋은 음식, 잘 먹고, 잘 살자'는 운동이 아니듯이, 맛의 방주가 지키고자 하는 궁극의 대상은 맛이 아니다. 혀끝의 호사와는 거리가 멀다. 맛의 방주가 지향하는 궁극적 목표는 '생물 다양성'을 지키는 것이다.

음식과 생물 다양성이 무슨 관련이 있을까? 얼핏 보면 생물의 멸종이 공해와 개발에 따른 자연 훼손에서 비롯되는 것 같지만 산업화된 농업도 생물다양성 감소의 주요 요인으로 작용했다. 산업화된 농업은 생산성 즉 경제성을 우선 가치로 삼기 때문에 단일 작물, 대량 재배의 유혹을 떨칠 수 없다. 비료와 농약에 대한 의존도가 높아져 땅을 황폐화시킨다. 대량 생산된 상품은 세계를 단일 시장으로 묶어버리기 때문에 장거리 운송에 따른 비용이 발생하고 공해를 유발한다. 하지만 그것이 더 경제적이라는 이유로 지역의 토종이 설 자리를 밀어낸다. 동식물 종뿐만 아니라 많은 전통 가공 식품도 사라졌다. 작은 예를 하나만 보자. 명절에 식혜나 수정과를 손수 만드는 집은 극소수다.

획일적인 식품 재료는 획일적인 맛을 만들어낼 수밖에 없다. 획일화된 맛은 음식 문화를 획일화시킨다. 획일화된 음식 문화는 지역 고유의 음식을 멸종시킨다. 음식이 멸종하면서 그 음식의 지지를 받던 동식물종도 함께 멸종한다. 반대로 몸에 좋다는, 혹은 맛이 좋다는 이유로 특정 음식이 선호되면서 동식물을 남획하는 바람에 생물종이 사라지는 경우도 있다.

음식과 생물 다양성은 긴밀히 연결돼 있다. 따라서 생물 다양성을 지키려면 음식의 다양성이 지켜져야 한다. 음식의 다양성은 문화의 다양성으로 지켜진다. 결국 삶의 다양성이 생물 다양성의 '방주'이자 '맛'의 방주라는 결론에 도달한다.

어떤 조건을 갖추어야 '맛의 방주'에 오를 수 있을까? 특정 공동체의 전통, 문화, 자연 환경과 연계된 토종 동식물, 야생종, 전통 가공 식품이어야 한다. 우리나라에 이런 조건을 갖춘 음식문화와 생활문화를 지켜오는 곳으로 울릉도만한 곳이 있을까? 울릉도의 특별한 자연 환경이 만들어낸 특산 식물과 그것과 일체를 이룬 음식문화야 말로 '맛의 방주' 프로젝트의 목적과 일치한다. 울릉도 사람들의 노력에 대해 한국 사회보다 이탈리아라는 먼 나라에 본부를 둔 슬로푸드에서 먼저 박수를 친 점은 조금 쑥스럽지만, 그렇다고 해서 찬사를 주저할 수는 없다.

2013년 8월 30일. 우리나라에서는 최초로 5개 품목이 '맛의 방주'에 올랐다. 제주 푸른콩장, 진주 앉은뱅이밀, 연산 오계 그리고 울릉도의 칡소와 섬말나리다. 5개 가운데서 2개, 40%다. 아직 전체 품목의 수가 미미하지만 '역시 울릉도!'라 할만한 점유율이다.

울릉도 칡소는 1930년에 박목월의 동시 '송아지', 1927년 발표된 정지용의 시 '향수'에 등장하는 '얼룩송아지'와 '얼룩배기 황소'의 주인공으로 한국 고유 품종이다. '얼룩송아지'와 '얼룩배기 황소'라는 표현에서도 알 수 있듯이 검고 누런 줄무늬가 번갈아 나타난다. 그 무늬가 호랑이 같다 하여 '범소'로도 불렸고 호랑이와 맞서 싸울 정도로 용맹했다 한다. 그런데 왜 칡

울릉도 칡소.

울릉도 산채.

울릉도에서 손꽁치잡이.

방어잡이.

소가 멸종 위기에까지 내몰렸을까? 일제강점기 때 일본군이 가죽과 고기를 얻기 위해 대량으로 수탈했고, 일제의 축산 정책이 '일본 소는 검정소, 한국 소는 누렁소'로 표준화함으로써 황소 외에는 대부분 도축됐기 때문이다. 해방 후에도 한우에 밀려 겨우 명맥을 유지하다가 울릉군이 적극적으로 복원 사업을 벌여 '맛의 방주'에 오르는 결실을 맺었다.

섬말나리는 울릉도 전역에 자생했던 백합과의 식물이다. 울릉도 재개척 시 섬말나리의 순을 삶아 나물로 먹었고 뿌리 또한 춘궁기의 구황 식물이었다. 나리분지라는 이름도 섬말나리에서 유래되었다는 견해도 있다. 그만큼 흔한 자생 식물이었으나 1997년 산림청에서 멸종위기 식물 37호로 분류할 만큼 개체 수가 줄어들었다. 섬말나리가 '맛의 방주'에 오른 데에는 나리분지에서 향토 음식점 '산마을식당'을 운영하는 한귀숙 씨의 공이 크다. 한귀숙 씨는 2006년부터 나리분지에서 섬말나리를 재배해 왔는데 섬말나리 나물을 이용한 산채 비빔밥을 만듦으로써 맛의 방주에 오르게 되었다.

2013년 이후에도 우리나라 고유종이 '맛의 방주'에 올라 2014년 12월 현재 28개 품목이 등재됐다. 이 가운데 울릉도산은 칡소, 섬말나리 외에 울릉홍감자, 울릉도엿청주, 울릉손꽁치(해초를 이용해 손으로 꽁치를 잡는 전통 어업방식)가 추가되었고 울릉국화도 등재를 앞두고 있다. 참고비, 삼나물, 두메부투, 섬말나리 등 울릉산채 4종은 슬로푸드 국제본부의 프레지디아에 선정도 되기도 하였으며, 이 외에도 울릉도에는 산마늘효소, 울릉도 고추냉이 등 맛의 방주에 오를 후보들이 많다. 역시 '맛'의 세계에서도 울릉도는 특별한 곳이다.

나는 지금 또 하나의 상상을 한다. 독도가 보이는 식당에 앉아 칡소로 만든 스테이크에 독도 와인 '799-805'를 곁들여 마시는 것이다. 독도 와인이라니? 독도에 포도밭이 어디 있어서? 물론 독도 와인은 독도에서 만든 것이 아니다. 미국 캘리포니아에서 치과 개원의였던 안재현(2012년 3월 작고) 씨가 '헬로 키티' 캐릭터로 유명한 산리오 등 일본의 기업이 일본의 독도 침탈 활동을 후원하는 것에 분개하여, 2007년 '독도 와이너리(Winery)'라는 회사를 설립하고 2011년 독도 와인 '799-805'를 출시했다. 와인 이름 799-805는 독도 우편 번호에서 딴 것이다. 독도 와이너리는 '799-805'의 판매 수익을 우리 땅 독도를 세계에 알리는 비영리단체에 기부한다.

독도 와인 '799-805'와 '맛의 방주'는 관련이 없는 것 같지만, 꼭 그런 것만은 아니다. 지향하는 가치의 교집합 부분이 있다. '맛의 방주'가 생물종 다양성을 위협하는 '맛의 제국주의'에 저항하는 것이라면, 독도 와인 '799-805'는 일본의 신군국주의와 제국주의적 독도 침탈 야욕을 꾸짖는 일이다. 일본의 독도 침탈 기도는 슬로 푸드 정신이 추구하는 문화의 다양성, 삶의 다양성에 대한 위협이다.

앞으로 울릉도의 많은 특산품들이 '맛의 방주'에 오르더라도 지나친 상업화는 경계해야 한다. 가짓수에 집착할 일도 아니다. 섬말나리 산채 비빔밥의 인기가 좋다고 너도 나도 밭을 갈아엎고 섬말나리를 재배하는 식은 곤란하다. '맛의 방주'가 지향하는 가치에 반한다. 중요한 것은 울릉도 고유의 삶의 방식과 문화를 지켜나가는 것이다. 그것이 울릉도의 경쟁력이다. 전통 음식은 문화 자원이다.

울릉도 생태 자원의 '지속 가능한 이용'을 위한 몇 가지 제안

지속 가능한 개발(Sustainable Development). 참으로 바람직하고 달콤하게 들리는 말이다. 지속 가능한 개발은, 개발과 자연 보호의 양립을 목표로 한다. 미래 세대까지 인간의 편리가 보장되도록 자연을 보호·보전하면서 개발해야 한다는 것이다.

지속 가능한 개발이라는 용어는 1980년 유엔환경계획·세계자연보호연합·세계자연보호기금 이렇게 세 국제단체가 공동으로 발표한 '세계환경보호전략'에서 처음 등장했다. 이어서 1987년 '환경과 개발에 관한 세계위원회' 보고서 〈우리 공통의 미래〉에서 핵심 개념으로 언급되면서 전 세계로 퍼졌다. 〈우리 공통의 미래〉는 인간이 근시안적으로 자연^(자원)을 이용함으로써 난개발을 했고, 그 결과 자연을 파괴했다는 점을 반성하면서 '자연의 현명한 이용'을 역설했다.

지속 가능한 개발은 이제 전 세계가 지향하는 이상적인 개발 모델이 된 듯하다. 그런데 현실적으로 이 말은 모순을 드러낸다. 개발 압력의 강도가 ^(자연) 생태계가 견딜 만한 것인지 아닌지에 대한 판단을 인간이 하기 때문이다. 이 판단은 자의적일 수밖에 없는데, 결과적으로 개발의 유혹은 난개발의 수준에 이를 가능성이 높다. 그래서 이 말은 별로 과격하지 않은 환경론자들로부터도 쉽게 공격당한다. 말장난이라는 것이다. 이 게임에서는 논리적으로 환경론자가 이길 수밖에 없다. 작은 개발 사업이라 할지라도 최소한의 자연 훼손은 피할 수 없다. 그래도 이런 경우는 개발론자가 환경론자를 설득할 수 있다. "그럼, 원시시대로 돌아가 돌도끼 들고 살아가자는 말인가?" 환경론자도 몇 걸음 정도는 물러선다. 그렇지만 게임은 여기서 끝나지 않는다. 자국에는 엄격한 환경 윤리를 적용하면서도 자국민의 편리를 위해 아마존의 열대우림이 사라지는 것에는 눈을 감아버리기 때문이다. 다시 게임은 원점으로 돌아간다.

지속 가능한 개발. 듣기는 좋지만 사실은 한계가 다 드러나 보이는 개념이다. 결국은 인간의 탐욕을 무한 승인하는 무분별한 개발과, 에코 파시즘과 친연성을 보이는 급진적 환경론 사이에서 줄타기를 할 수밖에 없다. 개발 대 환경의 싸움이 반드시 나쁜 것은 아니다. 균형을 찾는 과정이다. 정부 부처 간에도 이런 싸움은 벌어진다. 환경부와 국토교통부가 마냥 친해서도 곤란하다. 피해 갈 수 있는 것은 거의 없기 때문이다(필자는 울릉도가 국토교통부의 개발촉진지구가 지정될 때 환경부의 환경영향평가에서 전부 부동의가 나온 것을 노력하여 사업을 정상적으로 추진될 수 있도록 관철시킨 바가 있다. 지금의 도동항에 있는 여객터미널 신축도 그 사업으로 되었다).

개발 대 환경의 대립에서 경제와 정치 논리를 빼버리면(쉬운 일이 아니지만), 이 싸움은 윤리적·철학적 문제로 바뀐다. 인간답게 사는 것이란, 좋은 삶이란 과연 무엇인가 하는 물음이 되는 것이다. 나는 이런 고민은 반드시 필요하다고 생각한다. 대형 국책 사업조차 이런 고민이 부족했기 때문에 항상 문제를 일으켰다.

공무원으로서 나는 개발 대 환경 사이에서 줄타기 전문가가 될 수밖에 없었다. 어떤 경우엔 이쪽, 어떤 경우엔 저쪽으로 기울어졌다. 공무원으로서의 운명이라고 생각한다. 일본에 대응하는 온갖 정책 대안을 만들면서 때로는 철저히 정치적 입장을 택했고 때로는 윤리적 입장을 취했다. 일본에 대해서만큼은, 가장 정치적인 태도가 가장 윤리적이라는 것이 나의 입장이다. 이런 태도에 대한 어떤 비난도 감수하겠다. 일본의 독도 침탈 야욕은 문명사회에서 결코 용납할 수 없는 야만 행위이기 때문이다.

골치 아픈 얘기가 좀 길었다. 하지만 할 수밖에 없는 것이, 울릉도·독도 관련 사업에서 개발 대 환경의 문제를 피해 갈 수 있는 것은 거의 없기 때문이다. 울릉도·독도 주민의 행복한 삶을 위한 모든 행위의 정합성을 판단하는 기준은 '생태 자원의 지속 가능한 이용'이 되어야 할 것이다.

나는 지금 '지속 가능한 개발'이 아니라 '지속 가능한 이용'이라는 말을 썼다. 슬쩍 낱말 바꾸기를 한 것이 아니다. 내가 일관되게 강조해 온 울릉도·독도를 아이들이 행복한 곳으로 만드는 사업에서 핵심은 개발이 아니라 이용이다. 국가지질공원, 국립천연수목원, 문화 예술 진흥, 다음 장에서 얘기할 해양교육 등의 사업은 자원에 대한 개발이 아니라 이용에 관한 것이다. 생태와 관광의 결합, 관광과 교육의 결합, 주민과 방문객의 연대인 것이다. 환경 훼손의 우려가 거의 없다. 물론 자연 훼손이 불가피한 일주도로 건설 등과 같은 일부 개발사업이 완료된 것을 전제로 한다.^{(독도 방파제,} 독도입도지원센터, 체험교육장 사업은 논외로 하자.) 하지만 문제는 지금부터다.

앞으로 순환도로와 비행장이 완공되면 이전의 울릉도·독도와는 확연히 달라질 것이다. 관광객의 수는 대폭 증가할 것이고 경제 규모도 달라질 것이다. 여기저기서 개발의 목소리가 터져 나올 것이 뻔하다. 이미 울릉도 등록 차량 증가와 관광버스의 증차로 인해 교통 체증이 현실화 되고 있다. 이럴 경우를 가정하고 미리 주민 합의의 공감대를 이루어야 한다. 몇 가지 기본 방안을 제시해 본다.

첫째, 주민 스스로가 개발 압력으로부터 생태계를 지키겠다는 각오가 서야 한다. 국가지질공원 인증 때에도 논란이 있었다. 육상국립공원 지정 (환경부 소관) 반대 때와 같이 규제를 걱정한 것이다. 주민들은 국가지질공원이 4년마다 재인증 절차를 밟고, 국립공원과는 다르다는 것을 이해한 다음에야 동의했다. 개발의 유혹에 지역 공동체가 흔들릴 것을 우려하지 않을

수 없다. 다행히도 울릉도 주민들의 적극적인 협조로 울릉읍, 서면, 북면 주변해역 39.44㎢에 대해 동해안 최초로 '울릉도 주변해역 해양보호구역'이 지정(해양수산부 해양보호구역 제10호, 지정일:2014.12.29.) 된 것은 좋은 사례라고 본다.

둘째, 공급 관리가 아니라 수요 관리로 생태계와 균형을 이루어야 한다. 도로 등 제반 시설을 여름 관광 시즌 피크를 기준으로 할 게 아니라 평균치에 맞추자는 것이다. 약간의 불편을 감수해야 한다. 가령 순환도로가 완공된 후 관광객이 몰리면 도로 확장을 하자는 요구가 나올 것이다. 이럴 때 자제력이 필요하다. 가령 현재 1차선으로 교행이 불가능한 터널의 경우 그 시스템을 살려 나가자는 사회적 합의가 필요하다는 것이다. 그 터널을 생태와 인간이 균형을 이루며 사는 생태섬의 상징으로 만들어 슬로 시티의 면모를 가꾸어 나가는 것이야말로, 생태 자원의 지속 가능한 이용의 모

215

범적 사례가 될 것이다.

셋째, 개인의 사유재산권과 행복추구권을 침해하지 않는 범위 내에서 자동차 총량제의 도입이 필요하다. 개인별, 가구별, 사업장 별로 제한하여 섬 전체의 차량 수를 제한해야 할 날이 곧 올지도 모른다. 아울러 렌트카의 수도 현재에서 동결하고 늘어나는 수요는 마을기업 형태로 운영하는 방안을 찾아야 할 것이다. 상당히 민감한 문제이긴 한데 이런 합의가 이루어지지 않으면 주민들 간의 소득 불균형도 심해져서 심각한 갈등을 야기할 수 있다.

넷째, 울릉군에서는 주민의 양보를 통해 얻은 군 전체의 소득 증대가 주민 전체의 복지 혜택으로 돌아가게 해야 한다. 군정의 목표를 세울 때 몇십 년 앞을 내다보고 항구적으로 주민의 안정된 삶이 보장될 길을 찾아야 한다.

나는 울릉도·독도가 세계적인 생태섬, 평화섬으로 사랑받을 가능성이 충분하다고 생각한다. 하지만 무분별한 개발 압력으로부터 무릎을 꿇고 당장의 이익에 연연할 때, 국제적 생태섬은커녕 우리 국민들로부터도 외면당하는 곳이 될지 모른다. 그렇게 되면 생태 관광, 트레킹의 천국, 맛의 방주 같은 모든 울릉도의 매력이 한낱 상업적 포장으로 전락할 것이다. 나는 혹여 그런 일이 벌어질까 봐 생각만으로도 끔찍하다. 결코 그런 일은 없을 것이다. 울릉도 사람들은 오래 전부터 자연과 공존하는 지혜를 터득해 왔기 때문이다. 나는 울릉도가 세상에서 가장 매력적인 사람들이 사는 곳이 되기를 소망한다. 그것이 항구적으로 울릉도를 전 세계인들의 힐링 장소로, 또한 아이들이 행복한 섬으로 만드는 길이다.

독도 안내.

울릉도 남서리 고분군.

3. 울릉도·독도를 해양 과학, 해양 교육의 요람으로

동해는 넓은 바다이다. 우리가 강릉 경포대나 울진 망양정에서 바라보는 그 바다는 동해의 일부일 뿐이다. 동해는 한반도, 아시아 대륙의 동북부 및 러시아의 연해주, 사할린 그리고 일본 열도로 둘러싸인 반 고립적 상태의 지중해적 성격을 띤 바다이다. 한국, 러시아, 일본 삼국의 영토로 둘러싸인 바다이므로 역사적으로든 지리적 성격으로든 일본해로 불려서는 안 된다. 동해와 일본해 표기를 둘러싼 다툼에서도 이점이 효과적으로 강조돼야 한다. 그래야 국제사회에 일본해라는 표기의 부당성을 설득하기 쉽다. 우리의 입장에서 동해는 한반도의 동쪽 바다이지지만, 더 큰 눈으로 보면 유라시아의 동쪽 바다이다.

동해는 남북 길이 약 1,600km, 동서 최대 길이 약 1,000km로 전체 면적은 약 1,007,600㎢^(한국해양편람)이다. 한반도 면적의 약 4.6배, 경상북도 면적^(19,029㎞)의 53배에 해당한다. 동해에서 우리나라의 배타적경제수역^(EEZ)은 독도 기점으로 최대 495,335㎢이다. 만약 독도 기점을 포기할 경우 우리나라의 배타적경제수역은 경상북도의 면적보다 넓은 21,190㎢를 잃게 된다. 우리가 독도를 수호해야 할 이유는 더욱 분명해진다.

일본은 도쿄에서 1,740km나 떨어진 태평양 한가운데의 침대만한 바위 덩어리인 더글러스 암초에 콘크리트를 쏟아 부어 인공 섬을 만들고는 이를 근거로 25만㎢의 대륙붕을 주장했다는 사실은 앞에서 얘기한 바 있다.(물론 대륙붕한계위원회는 일본의 주장을 받아들이지 않았다.) 일본은 이 암초를 기점으로 EEZ를 주장하기도 한다. 이를 포함할 경우 일본의 EEZ는 최대 4,065,782㎢이다. 동해 면적보다 더 넓다.

바다는 제2의 영토다. 이에 대한 우리 정부와 일본 정부의 인식 차이는 너무 크다. 일본의 독도 영유권 주장은, 못 먹을 감 찔러나 보자는 식이 아니다. 적어도 국제 분쟁 지역화에는 성공(?)했다. 우리 정부도 맞장구쳤다. 신한일어업협정에서 중간수역(한일 양국 모두 조업 가능)으로 만들어버린 것이다. 우리 정부는 영해 획정과는 관련이 없다고 말하지만 일본 정부도 그렇게 생각하는지는 모르겠다.

독도 문제는 천지개벽 수준의 변수가 없는 한 현세대에서 우리가 바라는 대로 해결되기는 어려울 것이다. 정치적, 외교적, 군사적으로 사용 가능한 카드는 없다. 거시적으로 보고 훗날을 대비해서 해양력을 키워야 한다. 앞으로 우리가 살 길이기도 하다. 조선, 해운, 수산에 한정된 해양산업으로는 해양 강국의 미래를 기대할 수 없다. 해양력의 바탕은 해양 교육이다. 이와 함께 해양 과학, 해양 바이오산업을 육성해야 한다. 울릉도·독도는 미래 세대들이 대양으로 향하는 관문이 될 것이다.

'독도방파제'는 콘크리트 구조물이 아니라 〈울릉도·독도 바다학교〉 운동장이다

정부는 2008년 일본의 역사 교과서 왜곡을 계기로 독도에 '종합해양과학기지', '방파제', '입도지원센터'를 건설하기로 했다. 이른바 독도 영유권 강화를 위한 3대 핵심 사업이다. 그런데 이들 사업 모두 취소되거나 기약 없이 연기되었다. 종합해양과학기지는 2012년 12월 취소되어 서해 백령도로 바뀔 예정이다. 입도지원센터는 백지화되었고, 2012년 실시 설계까지 마무리된 방파제 건설은 예산이 확보되지 않아 착공조차 하지 못했다. 경상북도는 정부에 2015년 착공을 위한 예산을 요구했으나 중앙정부는 귀를 막았다. 언론 보도에 따르면 정부는 기상 악화 시 관광객들의 접근이 어려운 점을 감안, 대형 여객선 접안을 위해 2020년까지 4,000억 원을 투입해 방파제를 건설하기로 했다고 한다. 그 계획만이라도 제대로 지켜지기를 바라

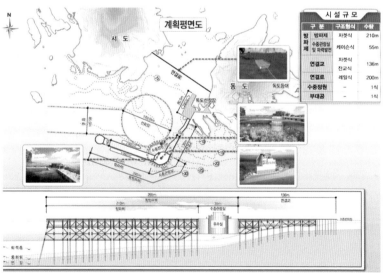

독도 방파제 구상도.

지만 여기서 내가 하고 싶은 얘기는 그게 아니다. 아직도 우리 정부는 '하드 파워'에만 집착하고 있다는 점이다.

'대형 여객선'의 접안도 중요하다. 하지만 그것은 방파제 건설 목적의 일부여야 한다. 언제까지 우리의 독도 영유가 '관광' 차원에 머무를 것인가? 오로지 그것만이 목적이라면 예산 낭비다. 이제는 소프트 파워로 관점을 옮겨야 한다. 핵심은 교육이다. 해양 교육을 통해 아이들에게 바다에 대한 비전을 심어주지 않으면 우리의 바다는 고기를 잡고 수산물 양식을 하는 곳에 지나지 않는다. 해양 교육을 통해 바다를 제2의 국토로 보는 인식의 전환 없이는 대한민국의 밝은 미래를 기약하기 어렵다. 우선 우리와 일본의 해양·수산 교육 현황을 비교해 보자.

일본 해양·수산고교 현황	
고교 수	23개교 (한국: 5개교)
학과가 설치되어 있는 학교	44개교
학생 수	9,458명으로 전국 학생 수 3,360,101명의 0.3%

※ 자료: 文部科學省 '학교기본조사'(WWW.MEXT.GO.JP)

실습선 보유 학교	31개교 82척 (한국: 3개교 3척)
실습선 규모 및 수량	•500톤 이상 : 10척 •300 ~ 500톤 : 19척 •20 ~ 300톤 : 24척 •5 ~ 20톤 : 49척

□ 해양박물관 및 수족관
【수족관】: 67개소 ※(사)일본 동물원 수족관협회(WWW.JAZA.JP)
【海事박물관】: 9개소
•船の科學館(東京)

- 神戸海洋博物館(神戸市)
- 名古屋海洋博物館(名古屋市)
- なにわの海の時空館(大阪市)
- 横浜みなと博物館(横浜市)
- 呉市海事歴史科学館(通称:大和ミュージアム 呉市)
- 海上自衛隊呉史料館(呉市)
- 村上水軍博物館(今治市)
- 陸奥記念館(周防大島町)

한국과 일본의 해양·수산 교육 현황과 해양 문화 인프라는 비교라는 말이 무색할 정도다. 그렇다고 여기서 해양, 수산고등학교와 대학에 관련 학과 수를 늘리자는 주장을 할 생각은 없다. 한국의 교육 현실, 직업관, 사회 문화적 풍토 등을 고려할 때 당장 어떻게 해볼 만한 일도 없다. 하지만 언제까지 손 놓고 있을 수는 없다. 그 대안으로 방학이나 수학여행 기간을 이용하여 해양 체험 활동을 하게 하는 것이다. 울릉도와 독도라는 공간에서 그런 활동이 이루어질 때 정녕 독도는 우리의 현실 속으로 깊숙이 다가오고, 해양 강국의 미래도 꿈꿀 수 있을 것이다.

최근 울릉도 현포에 개관한 울릉도·독도 해양과학기지도 갈길이 멀다. 2014년 1월 문을 열었을 때 해양'연구'기지로 시작했으나 2014년 11월 한국해양과학기술원 조직 개편에 따라 해양'과학'기지로 이름을 바꿨다. 단순히 이름만 바뀐 게 아니라 적은 연구 인력으로 인해 유사 조직과의 형평성 차원에서 연구팀 조직이 사라졌다. 2014년 12월 현재, 울릉도·독도 해양과학기지의 인력은 모두 12명이다. 이 가운데 연구 인력은 5명이고(2015년 박사급 충원 예정) 박사급이 3명이다. 이 인원으로 무엇을 할 것인가. 일상적인 해양 모니터링을 하기도 벅찰 것이다.

노벨상의 계절만 되면 기초과학 분야가 취약한 현실을 개탄하면서도 그때만 지나면 끝이다. 한국의 취약한 기초과학 가운데서도 해양 부문은 더 열악하다. 정부의 무능만을 탓할 일도 아니다. 우리 문화의 한계 범위에서 이루어진 일이기 때문이다. 울릉도·독도해양과학기지의 현재 모습도 국가 해양력의 현재를 반영한 결과일 것이다. 하지만 그 악순환의 고리를 끊는 일은 정부의 몫이다. 장기적 인력 양성 계획, 해양 연구 인프라 구축, 해양 산업 활성화의 선순환 구조를 만들어야 한다.

공부 잘 하는 아이들이 모두 의사, 판검사가 되려 하는 현실을 일거에 바꿀 수는 없다. 해양과학 분야에 국한하여 보자면 우선 아이들이 바다와 친해질 수 있게 해 줘야 한다. 그 친화의 계기를 울릉도·독도에서 만들자는 것이다. 입도지원센터와 함께 청소년 해양수련원을 겸한 '독도체험관'의 건립이 필요한 이유다. 훗날 이곳을 거쳐 간 아이들 중 단 몇 명이라도 뛰어난 해양 과학자로 성장한다면, 아니 청소년들이 해양을 제2의 국토이자 무한한 도전의 영역으로 생각하기만 해도 독도는 대양의 관문이 될 것이다. 독도 방파제를 청소년 해양 교육의 마당으로 삼자. 아이들의 웃음소리와 괭이갈매기의 울음소리가 어우러지게 하자. 경상북도의 독도 방파제 실시 설계는 단순한 콘크리트 덩어리가 아니다. 방파제 밑에서 바닷속을 관찰할 수 있는 시설로 설계했다. 청소년들을 위한 체류형 독도 해양생태 교육과 해양과학 교육의 장으로 활용할 수 있도록 기획한 것이다(이를 위해서는 필자는 지금의 '독도의 지속가능한 이용에 관한 법률'을 폐지하고 가칭 '울릉도·독도지역 진흥특별 법' 제정이 필요하다고 본다).

독도 방파제는 향후 독도마을의 조성을 위해서도 꼭 갖춰야 할 시설이다. 생활 폐기물 처리나 이곳 어민들이 생산하는 수산물의 반출을 위해서도 필요하다. 독도의 해식(海蝕) 방지에도 일정 부분 도움이 될 것이다. 자연의 거대한 변화를 인위적으로 지연시킨다는 건 가소로운 일이지만, 인간이 깃들어 사는 곳에 대해서는 가능한 최선의 보호 노력을 기울여야 한다. 더욱이 그곳이 독도라면, 독도를 지키기 위해서라면, 최선에 한계치를 설정해선 안 된다.

울릉도·독도 〈청소년 바다학교〉

우리나라 청소년들의 해양 활동은 제한적이다. 해수욕장에서의 물놀이, 갯벌 체험, 해병대 캠프와 같은 극기 훈련 등이 대부분이다. 바다에 대한 인식을 바꾸어 놓을 만한 프로그램을 접해 볼 기회는 거의 없다고 봐도 좋을 것이다. 〈울릉도·독도 청소년 바다학교〉에서 그것을 하고자 한다. 별도의 교육기관을 만들자는 것이 아니라 경상북도, 울릉군, 울릉도·독도 해양과학기지, 경북씨그랜트센터, 포항지방해양항만청(등대 관련), 해양경비안전본부(구 해양경찰청), 지역 어촌계, 울릉119센터, 울릉슬로푸드, 울릉 역사문화체험센터 등 기관, 단체와 협력 체제를 갖추면 충분이 가능하리라 본다. 시작 단계에서는 울릉도·독도 해양과학기지, 울릉군청의 해양·수산 관련 부서가 주축이 되어야 할 것이다.

전체 프로그램은 우산국 답사 / 독도 견학 / 해양 교육 및 강연 / 해양 안전 교육 및 체험 활동으로 구성하고 부문별 세안을 다음과 같이 구상해 봤다.

우산국 답사

울릉도 국가지질공원, 나리분지, 죽도, 울릉도 해안 산책로, 울릉도 현포고

분군 문화유적 답사.

독도 견학

독도박물관, 울릉도 해중전망대, 등대, 망루, 울릉 역사문화체험센터, 독도 경비대 견학, 김성도 독도주민과의 만남의 시간.

교육 및 강연

울릉도·독도 해양과학기지, 독도 3D 영상, 울릉도 특산식물, 울릉도·독도 의 생태와 경관 특성, 울릉도·독도의 해저 지형, 울릉도의 전통 어업 강연.

해양 안전 교육 및 체험 활동

해양 안전 및 심폐소생술 교육, 스킨 스쿠버, 투명 카누, 해양 조사(수온, 해류 측정 등), 해양 생물 표본 만들기, 수중 체험(외해가두리양식장, 인공 어초 등), 보트 타기, 전통 뗏목 타기, 전통 어로(오징어 낚시, 손꽁치잡이 체험 등), 울릉도 전통 음식 시식 및 만들기

운영 세안에 대해서는 더 많은 연구와 검토가 필요하겠지만 대략적인 얼개는 위와 같다. 짧게는 2박 3일, 길게는 1주일 정도로 교육 기간에 따라 탄력적인 운용이 가능할 것이다. 시작 단계에서는 울릉 지역 청소년을 대상으로 프로그램을 안정시킨 다음 울릉도와 자매결연 도시의 청소년, 경상북도, 전국으로 확대시키는 것이 합리적일 것이다. 이 프로그램이 성공을 거두면 궁극적으로 〈국립 청소년 해양수련원〉으로 발전시켜야 할 것이다. 그리고 〈울릉도·독도 청소년 바다학교〉와 신라의 호국 해양자원을 가

감은사지.

문무대왕릉.

진 경주와 연계하는 것도 좋은 방법이라고 본다. 토함산(불국사, 석굴암)과 감은사, 이견대, 문무대왕 수중릉으로 이어지는 호국 해양자원을 연계시키기 위해 문무대왕릉을 가진 양북면을 '문무대왕면'으로 개칭하고, 감포항(여항이라 여객선 취항 불가)을 '문무대왕항(연안항으로 승격 필요)'으로 여객선과 크루즈선이 취항할 수 있도록 하여 경주와 울릉도·독도를 청소년들의 해양체험 교육과 국제적인 해양 교류의 성지로 연계발전시킨다면 바다의 중요성을 일깨우는 중요한 계기가 되리라 본다.

미국 델라웨어 에너지정책연구원 방문 연구원으로 2년 동안 체류하는 동안 우즈홀 해양연구소를 세 번이나 찾아갔다. 우리나라의 해양과학자들이 부러워 마지않는 곳이다. 미국 동부의 우즈 홀(Woods hole)이라는 조그만 어촌마을에 있는 우즈홀 해양연구소는 1930년에 설립되었다. 학생과

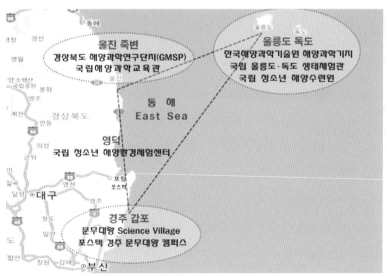

동해안 해양과학체험 삼각벨트 구상안.

직원 수가 1천 명이 넘는 미국 최대이자 세계 최대인 독립 해양연구소다. 매사추세츠공과대학(MIT)과의 협력을 통해서 다양한 연수 프로그램을 제공하는 대학원 과정 수업이 진행된다. 〈침묵의 봄〉이라는 책으로 우리에게도 널리 알려진 레이첼 카슨도 우즈홀 해양연구소에서 일한 적이 있다. 우즈홀 해양연구소에는 연구소 활동 및 해양과학 자료를 관람할 수 있는 WHOI전시관과 140여 종의 바다 생물을 볼 수 있는 우즈홀 과학수족관도 운영한다.

우즈홀 해양연구소 산하 해양생물연구소(MBL, Marine Biological Laboratory)는 미국에서 가장 오래된 해양연구소로 해양분자생물학 분야에서 세계 최고 수준으로 인정받는다. 1888년 설립 이래 100명이 넘는 노벨상 수상자가 이곳을 거쳐 갔다.

울릉도·독도 청소년 바다학교를 거쳐 간 우리의 청소년 가운데서도 노벨상 수상자가 나오기를 꿈꿔 본다. 그 전에 먼저 할 일. 멍석이라도 깔아야 한다.

울릉도·독도 해양수산관광대학과 부설 세계생태섬연구소 설립

농어촌 인구의 감소와 노령화는 전국적인 현상이지만 울릉도는 그 정도가 더 심하다. 외부로부터의 인구 유입은 고사하고 젊은 세대의 유출을 막는 것이 급선무다. 문제는 자족성이다. 울릉도에서 태어나서, 울릉도에서 공부하고, 울릉도에 살면서 행복을 영위할 수 있어야 한다. 또는 울릉도 출신이 서울이나 외국에서 공부한 후 고향 학생들을 위해 재능기부를 할 수 있는 길을 열어 놓아야 한다. 그러기 위해서는 작고 강한 전문대학이 있어야 한다. 비행장이 완공되는 2019년 이후 여러 분야에서 고급 인력 확보가 절실한 과제로 떠오를 것이다. 가장 좋은 해법은 자체 인력 양성이다.

향후 울릉도가 필요로 하는 인재는 크게 세 분야가 될 것이다. 첫째, 울릉도의 생태 보전과 국가지질공원 관련 인력. 둘째, 수산자원 연구 개발 인력. 셋째, 우산국 향토문화 연구와 관광산업과 관련한 인력. 이 세 분야의 인력은 울릉도의 미래와 직결된다. 울릉도의 특수성을 감안할 때 울릉도의 인재를 우선적으로 활용하고 양성하는 것이 최선이다. 특히 관광 분야는 지속가능한 섬 경제를 위한 핵심 분야이므로 인력 양성과 현업 종사자의 재교육을 위한 전문교육 기관이 꼭 필요하다. 한 예로 언젠가 울릉도에 국립수목원이 생긴다면 전문직 인력을 울릉도에서 확보할 수 있을까? 현재 상태로는 불가능할 것이다.

울릉도를 세계적인 생태관광섬으로 만들기 위해서는 남태평양의 팔로우섬, 갈라파고스섬, 인도양의 몰디브, 세이셸 등 세계적인 생태섬과 네트워킹을 가능하게 하는 연구소 설립이 필요하다.

울릉도를 세계적인 생태섬으로 만들기 위해서는 도시 디자인에 대한 특별한 노력이 필요하다. 지중해의 아름다운 섬처럼 만들기 위한 계획을 세웠다고 치자, 당장은 서울에서도 이런 요구를 충족시킬 인력을 확보하기 어렵다. 울릉도에 전문대학을 설립하여 자체적으로 인력을 조달하는 것이 더 쉬울 것이다.

울릉도에 전문대학을 세우겠다고 하면 대부분 꿈같은 얘기라고 웃을 것이다. 하지만 세상에는 늘 꿈같은 일들이 일어났고, 꿈같은 생각을 한 사람들이 있어서 가능했다. 꿈같은 얘기를 좀 더 해 볼까 한다.

특성화된 전문대학의 형태는 최소 규모로 울릉도 주민들의 힘으로 설립

되면 좋겠다. 필수 교양 과정은 국립방송통신대학이나 국공립대학의 관련 학과와 MOU를 통한 인터넷 화상 통신 강의도 가능할 것이다. 전문 과목은 숙식 제공 등 최소한의 대가 외에는 무보수로 봉사할 은퇴한 전문가, 재능 기부자로 확보하면 된다. 이런 대학. 우리는 못 만들까? 나 같은 사람에게도 구실이 있다면 은퇴 후 기꺼이 봉사할 용의가 있다.

울릉도—독도 해저 전력 케이블, 통신 광케이블 연결

독도 영유권을 강화하기 위해서는 독도에 안정적인 전력 공급을 위한 해저 전력 케이블과 원활한 유선 통신망 확보를 위한 해저 광케이블을 연결해야 한다. 그 시기는 빠를수록 좋다. 왜 빨라야 하는가? 이에 대한 이의 제기가 가능하다. 이에 대해서는 일본은 이미 독도에 근접한 해저 광케이블을 깔았다는 말로 대답을 대신해도 좋을 것 같다.

일본은 1999년 일본 열도를 일주하는 해저 광케이블 설치를 마쳤다. 일본 열도를 수평으로 일주하면서 방을 만들듯이 수직으로 본토와 해저 광케이블을 연결했는데, 독도 남쪽 해역에서는 뒤집은 U자 모양으로 북진하여 독도에 근접한 다음 반원을 그리듯이 독도 서북쪽 해역을 에돈다. 다분히 도발적이다. 독도에 근접하기 위해 우회한 거리는 무려 130㎞. 이렇게 우회한 구간은 모두 신한일어업협정에 따라 설정된 한일 공동어로구역(중간 수역)이다. 공교롭게도 일본이 해저 광케이블 공사를 한 시기는 1998년 1월 23일 일방적으로 한일어업협정을 파기하고 우리 정부와 새로운 어업 협정(1999년 1월 발효)을 맺은 직후였다. 당시 국회 농림해양수산위 김광원 위원장은 이에 대한 보고서에서 "일본이 독도까지 해저 광케이블을 설치한 것과 독도를 한일 중간 수역에 놓이도록 관철한 일(신한일어업협정)은 동일한 목적 아래 추진된 사안으로 보인다. 일본은 독도에 대한 자국의 영유권을 점진적으로 확보해 나간다는 목적에서 두 사안을 동시에 추진한 것"이라고 말했다. 이어서 김광원 의원은 "일본은 독도가 일본 본토와 연결돼 있다는 가시적 '상징물'을 얻고자 했음이 분명하다. 이는 '다케시마의 날' 제정과 비슷한 의도" 라며 "일본의 의도는 명약관화하다. 일본은 독도 인근 해저에 자국의 표지물을 설치함으로써 분쟁 시 영유권을 주장할 수 있는 또 다른 근거를 마련한 것이다. 또한 독도 영유권 문제가 국제사법재판소에 제기될 경우 재판에 유리한 증거물로 제시하겠다는 의지의 표현"이라고 일본의 의도를 읽었다.

김광원 의원의 보고서에 따르면 대한민국 해양수산부는 공사가 거의 마무리될 때쯤인 1998년 11월 14일에야 일본의 해저 광케이블 매설 사실

독도 해양 및 기상 관측 시설들.

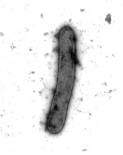

한국해양과학기술원 이어도호 독도해역 해양조사(좌), 독도 미생물 신종—독도긴털용선충(중), 독도 신종박테리아(우).

을 인지했다. 그런데 이후의 조처가 더 의아하다. 매설 공사 사실을 인지한 당일 수협중앙회에 "동해안에 출동 중인 우리 부 지도선 보고에 의하면 일본 당국이 해저 광케이블 공사를 한다 하오니 인근 수역에서 조업하는 우리 어선 및 어업인들에게 홍보 지도하여 주시기 바랍니다" 하고 공문을 보냈다. 이에 수협중앙회는 한 술 더 떠 "만일 우리 어선의 조업 활동으로 인하여 일본국 작업선 및 해저 케이블에 피해를 주는 경우 손해배상책임을 부담하게 됨을 철저히 지도, 홍보하여 주시기 바랍니다"라는 내용의 공문을 산하 기관에 배포했다.

한국 당국은 광케이블 매립 공사까지 끝낸 뒤에야 일본 측에 일본 본토 쪽으로 이전할 것을 요구했다. 일본은 이를 일축했다. 오히려 공사 시공사인 신일본전기(KDD)는 2000년 2월 23일 "해저 케이블 매설 구역을 일본에 가까운 곳으로 이동해 달라는 요구에 대해선, 거액의 비용을 요하므로 현재의 루트를 변경하는 것은 불가능합니다"라는 회신문을 보냈다.

우리는 2004년에야 KT에서 독도에 무선 인터넷 설비를 설치했을 뿐 광케이블은 연결하지 않았다. 울릉도—독도 해저 광케이블 연결은 독도에 대한 우리의 영유권을 강화하는 상징적인 조처만이 아니라 실질적으로 필요한 일이다. 광케이블을 설치할 때 음향/지진 센서를 연계하면 지진 발생 예보뿐 아니라 해류, 어족 자원, 해중 활동 물체 탐지 등 다양한 일이 가능하다. 해저 케이블 연결을 위한 기초 조사 및 공사 과정에서 해양 정보 DB를 구축할 수 있다. 독도 영유권뿐 아니라 해양 영토에 대한 지배권을 강화하는 일이기도 한 것이다.

일본은 독도에 광케이블을 근접시키기 위하여 130km나 노선을 우회했다. 울릉도—독도 간 거리는 87.4km밖에 안 된다. 현재 우리의 기술력이라면 해저 터널 연결도 가능하다.

경상북도 해양과학단지(GyeongBuk Marine Science Park)로 독도를 지킨다

총리실에서 자원하여 경상북도 공무원이 된 이후 지속적으로 농업 정책중심의 농도경북(農道慶北)에서 해양지향적 발전을 도모하는 해도경북(海道慶北)을 꿈꾸었다. 그 계기로 2002년 경상북도 과학기술진흥과장으로 일하면서 울진군 죽변면 후정리에 한국해양연구원 동해연구소를 유치하면서부터 더욱 구체화되었다. 포항공대의 해양생물자원연구센터의 연구 결과를 활용하여 산업화하는 해양벤처단지, 체험형 해양수산과학관까지 집약하는 경상북도 해양과학연구단지(GMSP) 조성을 기획한 것이다. 다들 무모하다는 시선으로 바라봤다. 어쩌면 당연했다. 그때까지도 동해바다는 물고기를 잡고 양식을 하거나 여름 한 때 해수욕을 하고 회를 먹으러 놀러가는 곳이라는 인식이 지배적이었다.

동해 연안의 강원도가 고성·속초, 양양·강릉·동해·삼척 6개 시군, 경북은 울진·영덕·포항·경주·울릉 5개 시군이지만 울릉도 독도가 있다는

GMSP의 발판이 되었던 한국해양연구원 동해연구소 개소식에서(2008.10.30).

울진에 들어설 국립해양과학교육관 조감도.

점에서 용기를 얻었다. 배타적경제수역(EEZ)의 확장으로 해양영토를 확보할 수 있다는 측면에서 경상북도 해양력의 중요성과 이를 통한 지역 발전의 가능성을 알리는 데 주력했다. 특히 애국가가 동해(東海)로 시작되는 상징성과 동해의 유일한 섬이라는 지리적 중요성도 더욱 강조해 나갔다.

울릉도와 독도에 착안한 경상북도 해양과학연구단지(GMSP) 구상이 주효했다. 결과는 기획 단계보다 더 발전했다. 울진에 한국해양연구원 동해연구소에 이어 경북해양바이오산업연구원을 설립했다. 이어서 2008년 환경해양산림국장 시절부터 기획했던 국내 최대의 국립해양과학교육관 설립계획(서해안 서천에는 국립해양생물자원관, 남해안 부산에는 국립해양박물관, 동해안 울진에는 국립해양과학교육관이 권역별로 필요하다는 논리로 착안, 당시 김용수 전 울진군수의 많은 관심과 노력이 있었음)이 2014년, 6년만에 사업이 확정되었다. 2014년 1월 1일에는 울릉도독도해양과학기지(울릉군 현포 소재)가 운영을 시작하였다. 독도종합해양과학기지(독도 인근 소재) 건설이 백지화된 것은 두고두고 아쉽지만 울진, 울릉, 독도를 연결하는 해양과학, 해양산업, 해양교육, 관광이 연계된 삼각 벨트의 경상북도 해양과학연구단지(GMSP)의 골격은 완성한 셈이다.

울진-울릉-독도를 잇는 해양과학 벨트는 과거 수토사(搜討使)의 뱃길 울진 대풍헌-울릉 대풍감-독도 동·서도를 해양과학으로 연결하는 일이다. 바람과 해류에 의존하는 수동적 뱃길이 아니라 해양 연구라는 능동적 길이다.

이제 남은 희망은 하나다. 울릉도에 국제 공인 수영장과 다이빙 체험장을 가진 〈국립 청소년 해양수련원〉을 건립하는 것이다. 이렇게만 된다면 동해의 향유를 통한 항구적인 독도 수호는 물론 울릉도·독도를 거점으로 한 해양 한국의 길이 열릴 것이다.

역사를 통해 우리 바다를 제대로 배우고, 독도를 통해 해양민국으로 나아가자. 독도는 대양(大洋)을 향한 대한민국의 관문이다.

부록

일본의 주요 도발 및 대응 일지

일본의 주요 도발 일지	정부의 대응 일지	경상북도의 대응 일지
2005. 3. 16		2005. 3. 16
시마네현 '다케시마의 날' (2.22) 조례 제정		시마네현과 자매결연 파기 및 단교 선언 독도관련 전담조직 (독도지킴이팀) 구성
		2005. 3. 28
		「독도지키기 종합대책」 발표
2005. 3. 29		
문부성, 교과서 출판사에 '독도는 일본 땅' 기술 요구		
2005. 4. 16	2005. 4. 20	
후쇼사 역사교과서에 '독도는 일본 영토' 기술	청와대, 바른역사정립기획단 (독도대응팀) 설치	
	2005. 5. 18	2005. 7. 4
	「독도의 지속가능한 이용에 관한 법률」 제정	「독도의 달(10월)」 조례 제정
2005. 8. 2		
2005년 방위백서에 '독도는 일본 고유의 영토' 기술(최초)		
2006. 4. 14	2006. 4. 25	2006. 8. 25
해상보안청, 한국측 EEZ를 포함하는 해양탐사계획을 IHO에 통보	노무현 대통령 독도관련 특별담화문 발표	경상북도 「독도수호 신구상」 발표

	2006. 4. 28	2006. 10. 10
	독도문제 범정부 고위급 TF팀 구성	도의회 제210회 정례회 독도 개최 「독도거주 민간인 지원에 관한 조례」 제정('07.1. 시행)
	2006. 9. 28	2007. 2. 23
	동북아역사재단 출범	독도 입도인원 확대 (1일 2회 400명→ 1회 470명, 1일 1,880명)
		2008. 4. 1
		독도 현지사무소 개설 (공무원 2명 상주)
2008. 7. 14		2008. 7. 14
중학교 학습지도요령 해설서에 '독도 영유권' 명기		일본 중학교 교과서 왜곡 규탄 대회(독도에서)
		2008. 7. 17
		독도수호대책본부 설치(10명)
	2008. 7. 29	2008. 7. 29
	한승수 국무총리 독도 순시	「독도수호 종합대책」 발표
	2008. 8. 1	
	정부 합동 독도영토관리대책단 구성	
	2008. 8. 14	2008. 8. 15
	동북아역사재단 산하 「독도연구소」 설치	건국 60주년 기념행사 독도 현지 개최
	2008. 8. 24	
	국회, 「독도 영토수호대책 특별위원회」 구성	
	2008. 9. 18	2008. 9. 22
	독도 영토수호를 위한 28개 사업 확정(1조 82억)	'독도수호대책팀' 확대 설치(정원 11명)
		2008. 11. 17
		'독도수호 법률 자문위원' 위촉 및 세미나 개최
		2009. 2. 2
		반크와 '사이버 청소년 독도 사관학교' 공동운영 협약

		2009. 3. 9
		「경상북도 안용복재단 설립 및 운영 조례」 제정
		2009. 3. 12
		'사이버 독도사관학교' 개설 (반크와 공동 운영)
		2009. 6. 18
		'안용복재단' 출범
		2009. 6. 26
		'독도평화호' 취항
		2009. 10. 20
		'독도입도 통합시스템' 개통
		2010. 2. 27
		'독도사료연구회' 발족
		2010. 3. 17
		울릉도·독도 DMB 방송 개통
2010. 3. 30	2010. 4. 2	2010. 4. 23
초등학교 사회 검정교과서에 '독도 영유권' 명기	국회, '일, 사회교과서 독도 영토표기 검정 취소 촉구 결의안' 통과	한승수 총리 만나 독도수호 사업 정상 추진 강력 건의 (도지사, 독도수호대책본부장)
	2010. 4. 6	2010. 5. 11
	외교부, 일본 외교청서에 독도 영유권 기술관련 구상서 제출	경상북도 독도수호 중점학교 지정(포항해양과학고)
	2010. 4. 8	2010. 10. 22
	김형오 국회의장 독도 순시	제1회 안용복예술제 개최
		2010. 10. 25
		경상북도 독도수호 중점학교 지정(울릉북중학교)
		2011. 2. 22
		시마네현 제6회 '다케시마의 날' 행사 규탄성명(도지사)
2011. 3. 30	2011. 3. 30	2011. 3. 30
중학교 사회 검정교과서에 '독도 영유권' 명기	외교부, 일본 중학교 교과서 검정결과에 대한 항의성명	중학교 사회교과서 검정 통과 규탄성명(전국시도지사협의회)

2011. 3. 30	2011. 3. 30	2011. 4. 8
중학교 사회 검정교과서에 '독도 영유권' 명기	외교부, 일본 중학교 교과서 검정결과에 대한 항의성명	안용복 기념관 기공식
		2011. 5. 2
		독도 주민숙소 완공
2011. 6. 24		
일본 외상, 대한항공의 독도 시험운항 항의		
2011. 7. 11		2011. 7. 16
외무성, 직원들의 대한항공 이용 자제 지시		독도 국기게양대 완공
		2011. 7. 29
		자민당 의원 울릉도 방문 시도 규탄성명(도지사)
2011. 8. 1	2011. 8. 1	
자민당 의원 3명 울릉도 방문목적 입국 강행	울릉도 방문 목적의 일본 국회의원 3명, 김포공항에서 강제 출국	
2011. 8. 2		2011. 8. 2
2011년 방위백서에 '독도는 일본 고유의 영토' 기술(7년 연속)		'2011년 일본 방위백서' 발표에 따른 규탄성명(도지사)
2011. 8. 22	2011. 10. 28	2011. 8. 5
국회, 독도문제를 국제사법재판소에 회부토록 정부에 촉구하는 결의안 채택	국회 독도지킴이 모임 주최 '독도음악회' 개최	독도 주민 숙소 준공식
		2011. 9. 22
		'LA한인축제' 기간 중 독도홍보관 운영(9.22~9.25)
		2011. 10. 1
		'뉴욕 코리안퍼레이드' 독도홍보관 운영
		2011. 10. 28
		독도 한복패션쇼 개최 (도지사 참석)

2012. 1. 24	2012. 1. 25	
겐바 외상, "독도 문제에 대해 받아들일 수 없는 것은 받아들일 수 없다고 (한국에) 전달하겠다"고 발언	외교부 대변인 성명, 겐바 외무상 발언에 항의	
2012. 1. 26		
겐바 외상, 이틀 전 발언에 대한 한국정부의 항의를 받아들일 수 없다"고 발언		
2012. 3. 27		2012. 3. 27
고등학교 사회과 교과서 왜곡 검정 발표		일본 고등학교 교과서 왜곡 규탄성명(도지사)
2012. 4. 6	2012. 4. 6	
외무성, '2012년 외교청서'에 '독도 영유권' 기술 발표	외교부, 외교청서에 대한 대변인 논평, 주한일본대사관 정무참사관 초치	
2012. 4. 11	2012. 4. 12	2012. 4. 12
'도쿄 집회' 개최(국회 헌정기념관, 외무성 부대신, 의원 49명)	외교부, '4.11 도쿄집회'에 대한 대변인 논평, 주한일본대사관 총괄공사 초치	일본 '4.11 도쿄집회' 규탄성명 (도지사)
2012. 7. 31	2012. 7. 31	2012. 8. 1
2012년 방위백서에 '독도는 일본 고유의 영토' 기술 (8년 연속)	외교부, 방위백서에 대한 대변인 성명, 주한일본대사관 총괄공사 초치	일본 방위백서 발표에 따른 규탄성명(도지사)
2012. 8. 10	2012. 8. 10	2012. 8. 10
일본, '이명박 대통령 독도 방문'에 대해 항의	이명박 대통령 독도 순시	이명박 대통령 독도 방문 (도지사 동행)
		2012. 8.13~15
		8.15 독도 수영횡단 프로젝트 (경북도 후원)
2012. 8. 17	2012. 8. 17	2012. 8. 19
일, ICJ에 회부하자고 제안(21일, ICJ 제소 외교문서(구상서) 우리정부에 전달)	외교부, 일본정부의 ICJ 제소 제안에 대해 "일고의 가치도 없다"고 거부 방침 밝힘	'독도 표지석' 제막식(도지사)
2012. 8. 22	2012. 8. 23	
일, 중의원(하원) '한국의 독도 불법점거 중단 촉구 결의안' 채택	일본 노다 총리의 '독도 항의 서한' 반송. 외교부, 일본 겐바 외상의 '한국 독도 불법 점거' 발언에 대해 항의	

	2012. 8. 24	
	외교부, 일본 노다 총리의 '독도, 일본영토' 주장에 철회 촉구 성명	
	2012. 8. 30	
	일본 정부의 ICJ 공동제소 거부 구술서 전달	
	2012. 8. 31	
	외교부, 150개 재외 공관에 독도 홍보물 35만부(10개 언어) 배포	
		2012. 10. 18
		독도기념품 공모전, 독도문예 대전 시상식
2012. 9. 11	2012. 12. 21	2012. 11. 9
외무성, 일본 내 70개 신문에 '독도 광고' 게재	국방부, '2012년 국방백서'에 독도표기 강화	독도 표기 변경관련 '구글' 본사 항의 서한
2013. 2. 5	2013. 2. 5	2013. 2. 6
독도 전담부서 '영토·주권 대책 기획조정실' 내각관방 산하에 설치	외교부, 일본의 독도전담부서 '영토·주권대책 기획조정실' 설치에 따른 대변인 논평 발표	일, 독도 전담부서 '영토·주권 대책 기획조정실' 설치 규탄성명(도지사)
		2013. 2. 20.
		'울릉도·독도 국가 지질공원' 인증식
		2013. 2. 1 ~ 28
		독도·동해 고지도 전시회 (경북대 박물관)
2013. 2. 22	2013. 2. 22	2013. 2. 22
시마네현 '다케시마의 날' 행사 중앙정부 관료 차관급인 (내각부 정무관) 첫 파견	외교부, '제8회 다케시마의 날' 행사에 정부 차관급 파견에 대해 대변인 성명발표 및 주한 일본대사관 총괄공사 초치	일, 시마네현 '다케시마의 날' 규탄성명(도지사)
2013. 2. 28.	2013. 2. 28	
기시다 후미오 외무상, 독도 영유권 주장을 외교연설에서 2년 연속 언급	외교부, 일본 외무상의 의회 외교연설에 대해 대변인 논평	

2013. 3. 26	2013. 3. 26	2013. 3. 26
일본 고등학교 사회과교과서 왜곡 검정 발표	외교부, '일본 고등학교 교과서 왜곡' 관련 대변인 성명, 주한 일본대사관 총괄공사 초치	일 문부성, 고등학교 사회과 교과서 왜곡 규탄성명 (도지사, 도의장, 독도특위위원장 참석)
2013. 4. 5	2013. 4. 5	2013. 4. 5
외무성, '2013년 외교청서'에 '독도 영유권 기술' 발표	외교부, '일본 외교청서' 관련 대변인 성명, 주한일본대사관 총괄공사 불러 초치	일 외무성, '외교청서'발표에 따른 논평 발표(도지사)
		2013. 4. 18
		독도 탐방객 100만 명 돌파
		2013. 5. 21
		'독도사랑카페' 개업 (독도선착장)
	2013. 7. 4	
	아베 신조 일본 총리의 "침략의 정의는 역사가에게 일임해야 한다"는 발언(7.3) 관련 외교부 당국자 논평 발표	
2013. 7. 9	2013. 7. 9	2013. 7. 9
2013년 방위백서에 '독도는 일본 고유의 영토' 기술 (9년 연속)	외교부, '일본 방위백서' 관련 대변인 성명, 주한일본대사관 총괄공사 불러 항의(국방부, 주한일본대사관 무관 불러 항의)	'일본 방위백서' 관련 규탄 성명서 발표(도지사)
		2013. 7. 15
		독도사랑콘서트, 독도 선상, 울릉 한마음회관
		2013. 7. 26 ~ 28
		수토사 뱃길 재현(울진 대풍헌)
2013. 8. 2	2013. 8. 2	2013. 8. 2
외무성, '일본국민대상 독도 여론조사 결과' 발표	외교부, '일본 독도 여론조사' 관련 대변인 성명, 주한일본대사관 총괄공사 불러 항의 (국방부, 주한일본대사관 무관 불러 항의)	일본 외무성, '국민대상 여론조사 결과' 발표에 대한 논평(도지사)
		2013. 8. 15
		독도 태권도퍼포먼스 (독도 선착장)

2013. 10. 23	2013. 10. 23	
외무성, '독도 영유권 주장' 동영상 인터넷 유포	외교부, '독도 영유권 주장' 동영상 인터넷 유포 관련 대변인 논평, '대한민국 독도'(12분23초) 게재, 유투브 홍보(10.13일)	
	2013. 11. 1	
	외교부, 일본 외무성 '독도 영유권 주장' 동영상 영문판 유포에 대한 대변인 논평	
	2013. 12. 11	
	외교부, 일본 외무성 '독도 영유권 주장' 동영상 10개 국어 추가 게재에 대한 대변인 논평	
	2013. 12. 17	
	외교부, 일본 국가안보전략(NSS)의 독도 기술에 대한 대변인 논평	
2014. 1. 10	2014. 1. 12	2014. 1. 12.
문부과학성, 중.고 학습지도해설서 '독도 명기'에 대한 방침 보도 외무성, 내각관방 '영토주권대책 기획조정실' '독도 영유권 주장' 정부 홈페이지 개설.	외교부, 일본 문부과학성 중·고교 학습지도요령 해설서 '독도는 일본 고유의 영토 명기'에 대한 방침 보도에 대한 주한 일본대사관 정무공사 초치	1. 10 日 문부성, 중·고 학습지도해설서 '독도 명기' 방침 발표에 대한 논평 (보도자료로 배포)
		2014. 1. 16
		울릉군수 성명서 발표
2014. 1. 24	2014. 1. 24	
기시다 후미오 외상 '독도 일 고유영토' 의회 외교연설	외교부, 일본 외무성, 내각관방 '영토주권대책 기획조정실' '독도 영유권 주장' 정부 홈페이지 개설 관련 대변인 성명서 발표	
		2014. 1. 27
		일본 독도영유권 주장 홈페이지 개설에 따른 울릉군수 논평자료 배포

2014. 1. 28	2014. 1. 28	2014. 1. 28
문부과학성, 중·고 학습지도 요령 해설서 '독도는 일본 고유영토 명기' 강행	외교부, 일본 문부과학성, 중·고 학습지도요령 해설서 '독도 명기' 항의성명서 발표, 주한 일본대사 초치 항의. 교육부, 항의성명서 발표, 한·중 '일본 제국주의 만행' 국제공동연구 추진 제의	1. 28 日 문부성, 중·고 학습지 도해설서 '독도 명기' 대응 – 1.29 김관용 도지사 독도 에서 규탄 성명서 발표
	2014. 2. 21	2014. 2. 21
	외교부, 일본 시마네현 제9회 '다케시마의 날' 행사 관련 대변인 항의성명서 발표	2. 22 제9회 '다케시마의 날' 대응 – 2.21 도지사 규탄성명서 보조자료로 배포 – 2.22 '다케시마의 날' 철회 촉구 규탄 결의대회, 1,000명 (포항시청 광장)
2014. 2. 22		2014. 3. 29
시마네현, 제9회 '다케시마의 날' 행사 중앙정부 관료 차관 급인 내각부 정무관(가메오카 정무관) 2년 연속 파견		울릉도·독도해양연구기지 현판식
2014. 4. 4	2014. 4. 4	2014. 4. 4
문부과학성, "독도는 일본 고유 영토" 초등학교 사회과 교과서 검정결과 발표 외무성, "독도는 일본의 고유 영토"라고 기술한 2014년 외교청서 발표	일본, 초등학교 사회과 교과서 검정결과 발표 관련 – 외교부, 대변인 성명, 주한 일본대사 초치 – 교육부, 장관 성명서, 4.5 정 책토론회(국회, 동북아역사재 단, 교육부) 일본, 외교청서 1963년 이후 "독도는 일본 고유 영토" 반복기술 – 외교부, 대변인 성명	일본 문부과학성, '초등학교 교과서 검정 및 외교청서' 발표 대응 논평 발표
2014. 6. 5	2014. 6. 5	2014. 6. 5
제2회 독도문제 조기 해결을 위한 도쿄 집회 개최 – 국회 헌정기념관, 내각부 부대신, 국회의원 32명 – 일본 영토를 지키기 위해 행동하는 의원 연맹과 다케시마·북방영토 반환 요구운동 시마네현민회의 공동 주최 – 죽도문제 조기 해결을 촉구 하는 특별결의안 채택	외교부, 독도 도발 동경 집회 개최에 대한 외교부 대변인 논평	'일본 독도문제 조기해결을 위한 도쿄집회' 도지사 규탄성명서 발표

2014. 8. 5	2014. 8. 5	2014. 8.5
방위성, 독도 영유권 주장 방위백서 10년째 발간	– 외교부, '일본 방위백서' 관련 대변인 성명, 주한일본 대사관 총괄공사 불러 항의 – 국방부, 입장 발표 및 주한 일본대사관 무관 불러 항의	'일본 방위백서' 관련 도지사 규탄성명서 발표 (도청 프레스센터)

출처 : 경상북도 자료를 참고하여 재작성.

대한민국 해양경영 5,000년 연표

109	고조선	고조선군 한漢의 7,000 수군 격파
		『사기史記』, 「조선열전朝鮮列傳」
291	고조선	진秦의 서복徐福이 불로초를 찾아 내한
		『사기史記』, 「진시황본기秦始皇本紀」
48	삼한	허 황후가 바다를 통해 가락국으로 입국
		『삼국유사三國遺事』권 2, 「기이편」 2, 가락국기
233	고구려	바닷길로 오吳나라에 사신 파견
372	백제	바닷길로 동진東晉진에 사신 파견
512	신라	이사부異斯夫가 우산국于山國을 정벌
583	신라	병부兵部 예하에 선부서船府署 설치
676	신라	기벌포에서 당군 격파, 삼국통일
678	통일신라	문무왕이 독립된 선부船府 설치
732	발해	장문휴가 수군을 이끌고 산둥 반도의 덩저우登州와 라이저우萊州 공격
828	통일신라	장보고가 청해진淸海鎭 설치
909	태봉	왕건이 덕진포 해전에서 후백제 수군을 격파
918		**왕건 고려건국**
918		**왕건 후삼국 통일**
1014	고려	덩저우登州에 고려관 설치

1019	고려	해군이 여진족 해적에 붙잡힌 일본인 포로 구출
1024	고려	대식국大食國(현 아라비아 지역) 상인 100명이 찾아와 토산물을 바침
1219	고려	대몽항쟁對蒙抗爭
1223	고려	왜구가 처음으로 금주(현 김해)에 침입함
1270	고려	원元에 항복하여 개경 환도, 삼별초군 항쟁 개시
1274	고려	여, 원元 연합군의 제1차 일본 원정
1281	고려	여,원元 연합군의 제2차 일본 원정
1374	고려	최영崔瑩이 전함 314척으로 제주도의 원元 잔당 토벌
1380	고려	진포 해전에서 왜구 함대 500여 척 분멸焚滅
1383	고려	정지鄭地가 관음포 해전에서 왜구 함대 격멸
1389	고려	박위가 전함 100척으로 대마도섬 정벌
1392		**이성계 조선건국**
1419	조선	이종무李從茂가 왜구의 소굴인 대마도 정벌
1426	조선	경상도의 부산포(부산), 제포(진해), 염포(울산)를 무역항으로 개항
1443	조선	신숙주를 통신사로 일본에 파견
	조선	대마도섬 도주와 계해조약 체결
1555	조선	을묘왜변乙卯倭變 발발, 판옥선 제작
1592	조선	임진왜란 발발, 이순신 수군의 승리 (옥포해전, 당항포해전, 한산도해전, 부산포해전)
1597	조선	정유재란 명량대첩
1598	조선	노량해전, 이순신 제독의 전사
1607	조선	일본과의 국교 회복, 회답겸쇄환사 일본 파견
1627	조선	네덜란드인 벨테브레(박연)가 제주도에 표착
1653	조선	네덜란드인 하멜 일행 제주도에 표착
1693	조선	안용복이 울릉도와 독도가 조선의 영토임을 확인
1811	조선	마지막 통신사(정사 김이교) 파견
1866	조선	병인양요

1871	조선	신미양요
1875	조선	운요호(운양호) 사건
1876	조선	조일수호조규朝日修好條規(강화도 조약) 체결
1885	조선	영국의 거문도 점령
1895	조선	삼도 수군통제영과 각 도 수영 혁파, 수군 해산
1897		대한제국
1903	대한제국	근대식 양무호 도입
1904	대한제국	최초의 제작 군함 광제호 도입
1910– 1945		대한제국 멸망 – 일제강점기
		대한민국 건국
1945	1945.8.15.	광복
	1945.11.11	해군창설
		손원일 제독(1909–1980) 해방병단海防兵團 설립
1949	대한민국	한국 최초 전투함 백두산함 인수
1950	대한민국	6.25 전쟁
		인천상륙작전
1957	대한민국	한국 최초 원양어선 출항(남태평양 참치잡이 지남호)
1970	대한민국	해저광물자원개발법 제정 및 남·서해 대륙붕을 7개 해저광구로 설정
1972	대한민국	박정희 대통령 조선산업 육성 정책 추진 및 현대 울산 조선소 기공
1978	대한민국	한국최초 남극 진출
1980	대한민국	한국 최초로 노영문, 이재웅씨가 요트 '파랑새호'를 타고 태평양 횡단
		조오련, 수영으로 대한해협 횡단
1988	대한민국	남극 세종과학기지 건설
1992	대한민국	한국 최초 잠수함, 장보고함 독일에서 건조 후 인수
1999		제1연평해전(6.25전쟁 이후 최초 남북해전)
2002	대한민국	제2연평해전

2005	대한민국	대형 상륙함 독도함 진수
2006	대한민국	심해 무인 잠수정 해미래 진수
2007	대한민국	한국 최초 이지스함 세종대왕함 진수(2008 실전배치)
2009	대한민국	쇄빙연구선 아라온호(7,487톤) 진수
		STX, 세계 최대 크루즈 선 로얄캐리비안 오아시스호(225,282톤) 진수
2014	대한민국	우리나라 두번째 남극기지 장보고 과학기지 개소
		2014 해양실크로드 글로벌 대장정 성공 완수 (해양수산부, 경상북도, 한국해양대 주관)
		세월호 사건

출처 : 국립해양박물관 전시자료를 참고하여 재작성.

독도를 지키는 동지들에게

"시마네 현 지사에 울릉군민들이 감사패 줘야 한다."

2005년 3월 16일 시마네현에서 '다케시마의 날' 조례를 제정한 후 울릉도에 갔을 때, 한 울릉도 주민이 내게 울분 가득한 목소리로 한 말이다. 일본에서 도발을 해야만 독도에 관심을 보이는 우리 정부에 대한 불만의 역설적 표현이었다.

"울릉도에서 예산 따려면 일본 가서 로비하는 것이 더 빠를 것이다."

울릉도 주민 가운데 이렇게 말하는 사람이 많다. '울릉도 일주도로'가 1963년 계획 수립 후 40년이 넘도록 연결되지 않은 것에 대한 서러움이 뚝뚝 흐른다. 2017년에는 완공 예정이라고 하니, 그때면 울릉도 주민들 보기가 조금 덜 미안할 것 같다.

독도는 이미 일본과 공유하고 있다고 봐야 한다. 신한일어업협정으로 독도 해역이 한국 일본이 공동 관리하는 중간수역으로 바뀌었기 때문이다. 뿐만 아니라 독도를 분쟁 지역으로 보는 국제 사회의 시선도 독도에 대한 한국의 영유권을 위협한다. 불편한 진실이다. 이 책에서 일관되게 독도 유인도화를 주장하는 이유는 그 때문이다. 실제적이고도 단호하게 독도 영유권을 공고화하지 않으면 일본의 의도에 휘말리는 앙화를 입게 될 것이다.

불편한 진실일수록 정면으로 봐야 한다. 그런데 2008년 일본 문부과학성의 교과서 왜곡으로 촉발된 일본의 독도 침탈 야욕에 대응하게 위해 구성한 국무총리실 산하 '독도영토관리대책단' 회의에서 확정한 28개 사업 중 핵심 사업은 모두 백지화됐다. 당시 12개 중앙 부처 실무 국장급이 참여한 '독도영토관리대책단'에서 확정한 3대 핵심 사업은 독도 종합해양과학기지, 독도 방파제, 독도 입도지원센터 건설이었다. 현재 3대 사업은 백지화되거나 보류된 상태다. 일본 눈치 보기 때문이 아니냐는 국민의 시선은 막연한 의혹이 아니다. 12개 부처가 모여서 확정한 사업이었지만, 실행 단계에서는 각 부처의 입장만을 앞세웠기 때문이다. 특히 국민의 질타가 외교부에 집중되는 이유다. '독도영토관리대책단' 회의를 한 번도 울릉도에서 연 적이 없다. 대책단 구성원들 가운데 태반이 독도에 가 본 적이 없다.

이 책에서 중앙 정부에 대해 다소간 불만을 토로한 것도, 독도 수호를 위한 정책을 입안할 때 하나의 손가락이라도 닿았으면 좋겠다는 바람 때문이었다.

2008년 일본의 교과서 왜곡으로 독도 문제가 첨예화되었을 때 경상북도 독도수호대책본부장을 맡았다. 그 후로 10여 년 간 독도에 미쳐서 살았다. 공무원으로서 영광이었다. 앞으로 공무원 생활에서도 울릉도·독도에 미쳐 살았던 때의 기억이, 마땅히 가야 할 길을 가리켜 주리라 믿는다.

훗날 꼭 이루고 싶은 꿈이 하나 있다. 울릉도에 살면서 〈울릉도·독도 청소년 바다학교〉의 심부름꾼이라도 되어 아이들과 함께 동해 바다를 첨벙거리는 것이다.

마지막으로 미안하고 감사한 마음을 전해야 할 사람들이 있다. 울릉도로 신혼여행을 간 것도 모자라 울릉도·독도에 남편을 내 주고도 말없이 응원해 준 아내, 아버지의 존재가 가장 필요한 시기에 대부분 '부재중'이었는데도 의젓한 대학생으로 자라 준 나의 리틀 베토벤 서희, 해피 보이 보성이. 이들의 지지가 없었다면 동해와 독도에 빠져 살 수 없었을 것이다. 영원한 나의 독도 수호 동지들. "고맙습니다."